講談社文庫

浅草キッド

ビートたけし

講談社

浅草キッド　目次

亡《な》き深見千三郎に捧《ささ》ぐ

構成　井上雅義

浅草キッド

お前と会った　仲見世《なかみせ》の
煮込みしかない　くじら屋で
夢を語った　チューハイの
泡《あわ》にはじけた　約束は
灯《あかり》の消えた　浅草の
コタツ一つの　アパートで

同じ背広を　初めて買って
同じ形の　蝶《ちょう》タイ作り
同じ靴《くつ》まで　買う金は無く
いつも　笑いのネタにした
いつか売れると　信じてた
客が二人の　演芸場で

夢をたくした　一〇〇円を
投げて真面目《まじめ》に　拝んでる

顔にうかんだ　おさなごの
むくな心に　またほれて

一人たずねた　アパートで
グラスかたむけ　なつかしむ
そんな時代も　あったねと
笑う背中が　ゆれている

夢はすてたと　言わないで
他にあてなき　二人なのに
夢はすてたと　言わないで
他に道なき　二人なのに

第一章　昭和四十七年夏、浅草フランス座へ入門した

八月に入ろうとする、真夏の昼下がり。ランニングにショートパンツ、ビーチサンダル姿のひとりの青年が、浅草六区の街におりたった。――それがオイラだった。

昭和四十七年のことである。ついに浅草へきてしまったという感があった。

『雷門』と墨痕《ぼっこん》もあざやかに黒抜きにされたでっかい提灯《ちょうちん》。

朱塗りの門構えと朱塗りの仲見世《なかみせ》通り。

仲見世の参詣《さんけい》通りから抜ける夏空。

『涼しい浅草。下町情緒の浅草へようこそ!』。飾りつけられた看板が風にゆられて、くるくるとまわっていた。

相変わらずのみやげ物屋。吊《つ》るしの露天商。時代かまわずの軍服の店。「革ジャン」と書かれているが、見るからにビニール製とわかる安物のジャンパー。

先のとがったワニ革《がわ》の靴《くつ》とロンドンブーツをなんの頓着《とんじゃく》もなく、堂々と店のまん前にだして、「ヤングの店！　今最新のファッション！」をうたい文句にしている店。横のはり紙に「腹巻き有りマス」なんてあったり。

なにもかもがなつかしい感じがあった。ほっとするものがあった。

ガキのころから下町に育ち、中学校のときにもちょくちょく遊びにきた想《おも》いでがある。『史上最大の作戦』という洋画を見にはじめて兄貴につれてきてもらったのも、浅草の大勝館という映画館だった。

でも、高校に行くくらいから、浅草なんて街は見向きもしなくなっていた。とっくに終わっちまった街に見えたのだ。オイラが夢中になるのは、新宿、渋谷や池袋の街並みだった。そこで遊びまくっていた。

ヒッピーだとか、サイケだとか。ハプニングだとか。ハイミナールだとかハシシだとか。新風俗と呼ばれるものに、片っぱしから染まってみたかった。『風月堂』という喫茶店に日がな入りびたり、自称小説家、自称劇作家、自称放浪詩人。実存主義者に、サルトル研究家。前衛カメラマンにイラストレーター、コピーライター、映画監督なぞとほざくやつらに混じって、オイラも自称フーテンをきめこんでいた。

あいまに『ビレッジゲート』という新宿のジャズ喫茶のボーイとして働き、夜はフーテン仲間の友だちの下宿に転がりこんで、居候《いそうろう》させてもらったりしていた。

ちょうど七〇年安保や東大闘争の学生運動もひとしきりすみ、この先なにをしていいのかわからなくなっちまったやつらが、とりあえずの仲間を求めて、新宿の街なかをウロウロ彷徨《さまよ》い歩いているようだった。喫茶店では、さびしがり屋のフーテンたちが毎日のようにたむろして集まり、演劇論や映画論、芸術論なんてのを相手かまわず吹っかけていた。

しかし、どれを聞いても、オイラにはなじめず、なにかみな嘘《うそ》っ八《ぱち》のように聞こえてしかたなかった。

どんなにえらそうなカッコのいいことをいっても、家に帰れば、ヘンなはなし、立派な親たち!?がいて平和な家庭があってという、みんなかたちばかりの、大嘘つきの通い、、、、フーテンたちなのである。

ここで学生時代をすごしてしまえば、あとは実家の建築会社を継ぐとか、米屋や酒屋を継ぐとか。不動産屋の跡取り息子におさまるとか。髪をきってサラリーマンになっちゃうとか。とにかく将来はなんとでもなるという、ポケットの中に安全牌《あんぜんパイ》を隠し持っているやつばかりだった。

オイラみたいにおもいっきり大学を退《や》めちまって、途方に暮れているのとはわけがちがっていた。そんなやつらが、いくらサルトルだボーヴォワールだのといっても、米屋や不動産屋になっても一生サルトルを続けていくつもりでもあるまい。そう思うと、あまりの嘘さ加減に腹立たしく、馬鹿《ばか》ばかしく、まともにつきあっていく気になんてとうていなれなかった。

それは、オイラにしたって同じことだった。一生フーテンやっていくのかよ。一生ジャズ喫茶のボーイで終わるつもりなのかよ。ほかになんかやることァないのかよ。おまえの夢はなにもないのかね。一生をかけてやってみるような、おまえの仕事はないのかよ。考えれば考えるほど情けなく、頼りなく、惨《みじ》めになるばっかりだった。

そんなとき、突然に考えついてしまったことがあった。

「浅草へ行って芸人になろう」、なんてだ。

本当になんでそんなことを思い立ったのだろうか。だけど、思い立ってしまったのだからしかたがない。「見るまえに跳べ」である。思い立ったがさいご、もう引きとめることができなくなっていた。

浅草しかない。浅草へ行ってひと勝負するしかない。なにがなんでも浅草だ。浅草がオイラを呼んじゃってる。そう思いこんだら、矢も盾もたまらなかった。そのとき、オイラのなかに、義太夫《ぎだゆう》語りの芸人だった死んだ婆《ばあ》さんの血を感じていたかどうか、さだかではないが……。

オレは、真夏の太陽が白くまぶしく照り返す六区の通りを、ガキの時分に味わったワクワクするような気分で入って行った。まるで、これからなにか悪だくみでもしに行くような気分だった。

しかし、何年ぶりかで足をふみ入れた六区の通りは、予想していた以上に閑散としていた。

「あらー、ずい分と静かになっちゃったことよ」観光客でごった返す仲見世や新仲見世のあの繁華なにぎわいにくらべたら、この静けさはなんなんだ。六区をウロウロしているのは、仕事にあぶれた日雇い労働者や乞食《こじき》たち。その日暮らしの遊び人風のアンチャンたちばかりだった。

それでも人影はまばらでも、六区の劇場街の風景は、昔見たままに健在だった。新仲見世から六区を右におれて、すぐ右手のロキシー映画館。ここは洋画の封切り館だ。そのとなりが邦画三番館のトキワ座。大正のその昔はオペラをやっていたという由緒《ゆいしょ》ある劇場だ。

洋画三本立ての東京クラブ。大正時代からある映画館の電気館。この劇場では、初めてトーキー映画が上映されたなんていう歴史がある。洋画ポルノの千代田館。向かいの通りにまわって、邦画ピンクの日本館。お笑いが専門の松竹演芸場。松竹系封切り館浅草松竹。日活のキャバレーがあって、となりが寄席《よせ》の浅草演芸ホール。上にはストリップ劇場の浅草フランス座。中映のゲームセンターをおいて、これまたストリップの老舗《しにせ》の浅草ロック座と、約三十軒ちかい劇場の建物が、まるで映画の撮影所のセットのようにせまい六区の通りにひしめいていた。

オイラはまよわずお笑いの松竹演芸場にむかった。喜劇役者《コメディアン》になるには、まず演芸場からだというおもいがあったからだ。

「さあ、これから、これから。デン助はこれからだよ」

木戸で呼び込みの声を張り上げるおじさんの横をすり抜け、千円の切符を買ってなかに入った。松竹演芸場というのは東京で唯一《ただ》つ、コントや漫才、喜劇芝居、マジックにジャグラーなど、いわゆる色物と呼ばれるお笑いだけをやっている劇場だった。大宮敏光のデン助劇場も定席でかかったりしていた。

入ってみると、なかではストレートコンビがコントをやっていた。テレビでも売れているコンビだったが、そこで見たものはコント芝居ではなく、客席にいるおばさんや年寄りをつついて笑いをとる、ただの客いじりの芸だった。オイラにとってはなんの魅力もない舞台だった。

それでもいちおう金を払ったぶんだけはと、Wエースの漫才を見たり、きいたこともないようなコミックバンドやクソ面白くもない芸人の漫談をがまんして見て、ほとんど退屈した。

「オイラも芸人になりたいんだけど、どうやったら入れてくれんのかな」

演芸場からの帰りぎわに、木戸のおじさんにそうきいてみた。なにいってんだおめぇは、頭がおかしいんじゃねぇかという顔をしておじさんはオイラを見返してきた。

「芸人ったって、そんなに簡単になれるもんでないよ」

「でも、みんなやってるじゃないの。あの程度で」

「あの程度ってバカ！　あれでも一人前の芸人になるには大変なんだから。いろんな師匠のお弟子さんになってだな。何年も修業して、それでようやっと出てもいいよといわれてから、はじめて舞台に出してもらうことができるんだ。それも、何年も何年もかかってだ」

あれで何年もかかってるのかね。オレだったらひと月で出てやるけどね。

「そんじゃ、そのいろんな師匠ってのを紹介してもらえないかな、おじさん」

「ダメだね。毎年おまえさんみたいなのが何百人、何千人てくるんだから。きたって、どうせみんな駄目《だめ》になるやつばかりでさ。それこそ何万人に一人だよ、こういうところで売れっ子になれるってのは。簡単になれるなんておもったら大まちがいだよ。今週のトリのWけんじ先生なんか、神様みたいな師匠なんだから」

へえー、あのひとたちが神様ねぇ。「やんな!」だけで神様なのか。いいな芸人は。

「なんか方法はないんかな。ちょっとなかに口きいてくれるだけでもいいんだけどな」

「ダメー。ダメっていったらとにかく駄目。ダメー、ダメ、ダメ、ダメ、ダメー」

まあ、ずいぶんと駄目をいうおやじだこと。なにかっていうとダメダメダメダメって、駄々っ子みたいなおやじだった。あきらめて、オイラはまた六区の通りをとぼとぼと歩きだした。

六区のなかほどまできたときだった。目のはしに浅草フランス座という看板が入った。

『関東、関西オールスター・ストリップ夢の競演実演中!』

『コント出演、深見千三郎。その他若手役者大勢』

よむとはなしに看板をながめながら、そういえば何年かまえにロック座の劇場で深見千三郎という役者の芝居を見たような、淡い記憶がよみがえってきた。

そうか、深見千三郎というひとはまだ浅草フランス座の舞台に出ていたのか。そうか、ストリップ劇場でも喜劇の芝居はやっているんだ。ちょっとマイナーだけど、ストリップ劇場でも喜劇の芸人は活躍しているんだ。ここだっていいじゃないの。とりあえず芸人になれればどこだっていいんだから。いや、フランス座のストリップのまくあいコントのほうが、松竹演芸場よりよっぽど面白いかも知れねぇぜ。

もう迷うことはなかった。一目散にオイラは、浅草フランス座の木戸に頼みこんだ。応対してくれたのは、テケツ（チケット売り場）の塚原《つかはら》というおばさんだった。あとで知ったことだが、おばさんは塚原卜伝《ぼくでん》の末えいだという人で、大阪で芸人をやっていた人だった。それも塚原卜伝ショウという、ほとんど大道芸人のような、旦那《だんな》がチャンバラの殺陣《たて》や腹切りをやり、その横で殺陣の講釈をたれるというのがおばさんの芸だったそうだ。

「オイラ、コメディアンやりたくてきたんですけど」

そうきりだすと、おばさんはニヤッと笑いながら、

「コメディアンね。うーん、このごろよくそういう人がくるからね。いまは若い人いっぱいかもしれないよ。コメディアンやるまえにここでエレベーターの仕事しない？エレベーターマンだったら募集しているから、すぐにでもおばさんが東洋興業に口きいてあげるけど。エレベーターをしばらくやってくれたら、ここの座長の深見千三郎

師匠におばさんが紹介してあげてもいいわよ。そうしなさいよ」

「エレベーターマンの仕事ねぇ」

「不服かい？」

「べつに不服ってわけじゃないけど。芸人になれんのかな」

「そりゃあんたしだいだわな。ここの若い人たちは、みんな裏方や表をやって、それから舞台に立つんだから。入ったってすぐには出してもらえないわよ。それよりか、おばさんがたのんでやったほうがはやいんだから。やんなさいよ、エレベーター番を」

「うん」

「やってみるかい。そうかい、それじゃちょっとおばさんが上までいって、支配人にかけあってくるからさ」

こうしてテケツのおばさんが東洋興業の人に口をきいてくれて、「明日からきなさい」という話がバタバタときまってしまったのだ。なんだかただ狐《きつね》につままれたおもいだったが、とりあえず、

「おばさん、どうもありがとさん。明日からおせわになります」

と、オイラにしては丁重に礼をのべた。

「うん、よかったな、ほんまに。ちょうどええや、予行演習だわな。ついでに劇場の表と、一階から四階までの階段、それからエレベーターの中も掃除しといてえな」

「えへっ」

「うん、ほんまによかったわな」

おばさんはニコニコ笑いながら、オイラにほうきとちりとりをわたしてきた。

次の日から、いよいよオイラは浅草フランス座の一員として働くことになった。

そうときまると、古い劇場が立ちならぶこの六区の興行街が、急に自分のものになったような気分になった。

六区の端にある関根のシュウマイ屋の肉のにおいも、煎餅《せんべい》屋の煎餅を焼くこうばしいにおいも、チュウハイ屋の豚のモツを煮込むにおいも、酔っ払いがこぼしていった安酒のにおいも、浮浪者がたれながす小便のにおいも。なにかがくさって、吐き気が出そうなすえた薫製《くんせい》のにおいも。この浅草じゅうを包みこんでいる、すべてのにおいがオイラのものになったような気がした。

オレは帰ってきたんだ。いや、この街が、いままでオイラのくるのを待っていやがったんだ。チキショー、なんでえ、そういうことだったのかよ。手間ァとらせやがって、もっとはやく気がつきゃあよかったんだよな。なにを迷ってたんだろう。いままで何処《どこ》をウロチョロほっつき歩いてたんだろ。バカヤローめが。
夕暮れの六区を歩きながら、オイラは一人で感激していた。

第二章　憧《あこが》れの深見千三郎に弟子志願を直訴した

浅草フランス座エレベーターボーイ。

これが、浅草にきてのとりあえずのオイラの肩書きだった。もうちょい気取るなら、コメディアン志望のエレベーターボーイだ。

フランス座の劇場は毎日、昼の十二時が開きの時間だった。オイラはその二時間前の十時に劇場に入り、エレベーターや表の掃除をしておかなければならなかった。

浅草フランス座の建物は六区の通りの丁度真ん中あたりに位置し、皮肉なことに劇場《こや》と対峙《たいじ》して六区の交番があった。ビルは四階建てで、一階は同じ東洋興業が経営する寄席《よせ》の浅草演芸ホールになってて、林家三平や談志、円楽、志ん朝などの四天王と呼ばれる落語家たちが大看板で出演していた。

そのビルをオイラは、朝は劇場につくなり玄関と、一階のテケツから四階のモギリ

(切符をもぎ取るところ)までの階段をほうきで掃き、水でぬらしたモップでていねいに拭《ふ》き掃除までした。掃除がすめば、あとは劇場がかぶる(終わる)夜の九時半まで、ずーっとエレベーターの中に立って、四階までのお客の上げ下ろしに専従した。

「あんたがきてくれて、ほんまたすかったで。上と下の両方じゃ、ちいと忙しくなるともうてんてこまいでな。この年齢《とし》になって、四階まで掃除するのは、ほんま骨じゃわな」

テケツの塚原のおばさんに感謝されればされるほど、なんだかちょっとだまされたような気分になったが、それでも仕事はなんであれ、ともかく今日から浅草フランス座の一員になったのだ。

友だちの誰かれにきかれても、「オイラ今度、浅草フランス座ってとこに入ってよ」って自慢してやれる。なんたって、浅草じゃ天下のフランス座なのだ。渥美《あつみ》清だって、長門《ながと》勇だってこの劇場からデビューしているのだ。

そう思うと、掃除くらいなんのその。毎日の単調なエレベーターの上げ下げも、苦にならなかった。むしろ楽しいくらいだ。朝になれば、楽屋入りする踊り子さんがドドッと乗り込んでくる。若いコメディアンの卵たちもやってくる。

なかには、かなり老《ふ》けて見える踊り子さんもいたが、それでも毎朝元気よく、「オハヨー！」と声を掛けてくれる。昼に会っても、夜に会っても、どこで会っても「オハヨー！」と、新入りのオイラに対してまでも礼儀正しくきちっと挨拶《あいさつ》してくれる。踊り子一人ひとりに、「あたしはフランス座の踊り子よ」というプライドのようなものが感じられて、たくましかった。

なんだかオイラもつられて胸を張ってしまいたくなるくらいに、踊り子さんに挨拶されるのがうれしかった。

そりゃあ銀座の日劇ミュージックホールなんかにくらべたら、踊り子の粒も踊りのセンスもとても足もとにもおよばなかったが、しかし、浅草の芸の伝統を背負っているという点では、どの踊り子にも自負があった。

そんななかでひとり、小柄《こがら》だけどやけに恐《こわ》そうな、毎朝神妙な顔付きでエレベーターに乗ってくる初老の男がいた。手にはいつも革のかばんを持ち、格子《こうし》柄《がら》の背広に派手なネクタイ。ピカピカに磨《みが》き込んだ革ぐつ。眼光鋭く前をきちっと見すえ、脇目《わきめ》もふらず、そして音もなくスッとエレベーターに乗り込んでくる。

「おはようございます」

「うむ」

それ以上口をきこうとしない。エレベーターに乗るや、するりとドアのほうに向きなおり、そのまま四階に到着するまでじっと押し黙っている。

　オールバックのリーゼントスタイルの髪の毛からは、ポマードの匂《にお》いと微《かす》かな化粧品の匂いが、プーンと漂ってくる。なんだか恐そうで、ヤクザ屋さんみたいだな。それにしてはやけにオシャレしているし。どこかで見たことがあるような気もするんだが、さて。

　もう少しなんかいってくれればな。なんたって、毎朝エレベーターに乗るたんびに、

「おはようございます」

「うむ」

　しか口をきいてくれないんだから。ここの偉い人なんだろうけど、でも誰なんだろう。時にダブルのスーツを着てきたり、マンボの細身のズボンをはいてきたり。ヤクザの親分風には見えるけど、でもヤクザみたいに立ちまわりがダサくないし。どこか品があるんだよな、品が。ファッションは、確かに昔風だが、ちっとも古くさくないし。いや、よく見ると粋《いき》な感じがして、かっこいいぜ。感覚はオレたちより新しいかもな。なんなんだろ、この人。

　何回かエレベーターに乗せているうちに、どうしてもこの人と口をきいてみたいと

いう衝動に何度もかられた。しかし、ひとを拒絶するような雰囲気《ふんいき》がビンビンとつたわってきて恐しく、自分のほうから声をかける勇気などとてもなかった。

ある日オイラは、四階でその人を降ろして戻ってくると、テケツの塚原のおばさんにきいてみた。

「あの、ヤクザの親分みたいな、恐そうな人、あの人誰なの？」

「なに寝ぼけたことといってんのよ。ここの座長の深見千三郎師匠じゃないの」

ええッ、あの人がかい？　オイラ前にロック座で見たことがあるけど、あんな風体《ふうてい》の人だったっけ。エヘーッ、まいったなあ。もっと大男だと思ってたのに、深見千三郎さんてあんなに小柄な人だったのか。顔だって、もっと可笑《おか》しい顔に見えたし、あんなに恐い顔してたっけなあ。オイラなにを見てたんだろう。

大げさでなくして、オイラは我と我が目を疑うくらいに驚いていた。

「ねぇ、おばさん。深見千三郎師匠にオイラのこと紹介してもらえないかな。オイラがコメディアン志望だってこと、おばさんの口から一言いってくんないかなあ。エレベーターボーイやったら、オイラを紹介してくれるっていったじゃない。ねぇ、頼むよ、塚原卜伝の曾孫《ひまご》のおばさん」

「そうだね。約束だったもんね。いいわよ、明日の朝師匠がきたら、あたしが声かけてみるから。でも、師匠が取り合ってくれるかどうかは保証できないよ。見てもわかるように、深見の師匠は頑固《がんこ》一徹な人だし、そう簡単に、ひとと口をきくような人じゃないからね。それは承知しておいておくれよ」

翌朝。オイラはまたまた興奮した気分で劇場《こや》にやってきた。いつものように二時間前に劇場につくと、一階から四階までの階段を二度にわたってモップ掛けをし、エレベーターの中もきっちりと雑巾《ぞうきん》がけをし、玄関には水を打っていつもより念入りに磨きあげ、深見千三郎師匠がやってくるのを待った。

踊り子たちが来、若いコメディアンたちも劇場入りし、幕開きの三十分前きっかりに、カチャッ、カチャッ、という革ぐつの底に打ったカネの音を立てながら、深見千三郎師匠が六区の通りに現われた。きょうも、ギャング映画に出てくるジェームズ・キャグニーばりの縞《しま》模様のダブルのスーツを着こなし、手にはいつもの焦《こ》げ茶革の手提げ鞄《かばん》を引っさげ、胸を張り、顔はちょっぴり仰向きかげんで、肩で六区の風を切っての堂々のお出ましである。

六区の通りを行き交う映画館の小屋主や、寄席の席亭、演芸場の支配人。馴染《なじ》みの洋服屋の親父《おやじ》、喫茶店のママなどに声をかけられるたびにニッコリと笑って挨拶を返していく。

フランス座の前で立ち止まると、ちらっと足許《あしもと》を見まわし、二、三度足踏みしたあと木戸に入ってきた。オイラの心臓は高鳴った。ドキ、ドキという心臓の鼓動音が、六区じゅうの人たちに聞こえるのではないかと心配したくらいだった。

師匠の顔を見るや、バカでかい声で「おはようございます」とあいさつしていた。声音が上ずっているのが自分でもわかった。

だが、師匠の返事はいつものように「うむ」だけである。

師匠がエレベーターに乗り込む前に、すかさずオイラは塚原のおばさんに目で合図をおくった。おばさんは、わかったとばかりにアゴで大きく返事をすると、テケツの箱の中からドッコイショとばかりに表に出てきた。

「あ、師匠ね。きょうもいいお天気だね」

「ああ」

なにをいってるんだ、この婆《ばば》あは。オイラは思わずエレベーターの前でのけぞりそうになった。

「あ、違った。天気の話なんかどうでもいいんやけどね。じつはこの坊やなんだけどさ。そ、こないだ入ってきたコ。このコがどうしても師匠の弟子になって、コメディアンやりたいっていうんだよ」

「ふうん。誰が」

師匠は、エレベーターのところでこん棒のようにこりかたまって突っ立っているオイラのほうを、横目でちらっと見た。

「誰がだって？」

オイラの顔を見ないようにして、師匠はもう一度同じことをいった。

「ボ、ボクです。昔ロック座で師匠の芝居を見たことがあるんです。コメディアンになりたいんです。弟子にしてください」

「コメディアン？　なにをくだらないこといってんだ」

「駄目《だめ》でしょうか？」

「駄目もなにも、おたく、若い身空でそんなくだらないもんになりたがるんじゃないよ。いいから、エレベーター動かしな」

「ハイ！　でも、どうしてもなりたいんです」

「若いやつは、今いっぱいで、間に合ってんだよ」

「じゃあ、師匠の舞台見せてもらってもいいでしょうか」

「見るのは勝手だけどな」

それだけいうと、師匠はポマードの匂いをエレベーターの中に残したまま楽屋へと消えて行った。

なにいってんだろう。自分は芸人をやってるくせに、コメディアンはくだらねぇだって。よしたほうがいいだって。なに考えてんだろう。若いやつから憧れられてるってのに、うれしくはないんだろうか。

しかし、オイラはそのくらいの拒絶にあったからって、あっさりあきらめるような根性なしじゃなかった。むしろ、直接師匠に胸の内を打ち明けられて、気持ちがスッキリし、反対に俄然《がぜん》闘志がわいてきていた。こうなったらいいといわれるまでエレベーターボーイで居座ってやって、まいんち直訴してやろうじゃないのよ。面白れぇや、師匠とオイラの根比べだな。

翌日から、オイラは塚原のおばさんの協力を得て、ストリップのまくあいのコントの時間になるとエレベーター係を交替してもらい、客席の後ろに立って深見の師匠の芝居を見学するという毎日がはじまった。

深見千三郎の舞台は、何年か前に見た強烈な突っ込み芸そのままでちっとも衰えていず、客席を圧倒しながら、確実に笑いを取っていた。

師匠の突っ込み芸というのは、ヨタをいわず、客にこびることもおもねることもなく、芝居の筋立てだけで笑わせていく芸だった。ギャグも、ダジャレや言葉のアヤなどという上っ面《つら》の小手先芸で笑わすのではなく、登場人物ののっぴきならない状況の描写や心理のやりとりによって笑わせていく芸で、コントとはいっても本格的なシリアスな芝居となんら変わらなかった。

畳み込んで行くそのスピードとリズム感。センスのよさと時代感覚の鋭さ。使い古したような昔風のセリフでも、決して色あせて見せないオシャレさ、粋さ。舞台の上の師匠は、だから相手役を演じている若い弟子たちよりも何倍も若くカッコよく見えた。

やっぱり深見千三郎だぜ。深見千三郎だよ、あれが。いいんだよ、あの師匠で。松竹演芸場よりこっちのコントのほうがぜんぜん面白いぜ。オイラの目に狂いはなかったぜよ。

それから、何日かしてからだった。オイラはエレベーターに乗ってきた師匠をつかまえて、ふたたび弟子入りの懇願をした。

「師匠、どうしても舞台をやりたいんです。エレベーターや掃除なんかうまくなりたくないです。コメディアンをやらせてくれるってから、我慢してエレベーター番になったんです」

深見の師匠は、いつものように押し黙ってオイラの話をじっと聞いている様子だっ

たが、やがて「うむ」とうなずくと、

「あんたみたいのはよく来るんだよ。だけど、まともに芸人になったためしがないんだ。あんた今まで何やってたの？」

「学校行ってました。途中で退《や》めちゃいましたけど……」

「学校って、中学か？」

「いや、大学です」

「大学!?　バカヤロー、大学やめてコメディアンになろうってやつがいるかい。よしたほうがいいね。もう一度大学ってとこに戻って勉強したほうが将来のあんたの為《ため》だよ。だいちが、コメディアンというのは努力とかそんなものでなれるものじゃないんだから。この世界は才能だからね。才能がすべてなんだ」

「はい」

「はいって、簡単に返事するけどな。じゃあ、訊《き》くが、おまえなんか芸事でもやれるのか？」

「芸事ですか？」

「何か、習いごとでもしてるものがあるのかっていうの」

「いえ、べつになにもないです」

「ないって、おまえそれで芸人になろうっていうのかい。大した度胸だな。いいか、芸人てのは舞台に立つ前にやることがいっぱいあるんだよ。頭もいるし、世の中のこともいろいろ知らなきゃいけないし、タップや踊りもできなくちゃいけないし、歌もうたえなくちゃいけない。音楽だってできなくちゃいけない。芝居のセリフが喋《しゃべ》れればいいってもんじゃないんだ。音楽は何かできるんか」

「はい、ジャズを聴くのが好きです」

「聴くのが好きでどうすんだよ。人に見せたり聴かせたりするのがコメディアンなんだよ。見る客のほうにまわってどうしようってんだい。なんかやれなきゃ駄目だよ」

そういった途端だった。エレベーターに乗り込む寸前、師匠はかばんを持ったままその場でピョコ、ピョコと飛び跳ね、踊って見せたのだ。

タップのステップだった。外出用の靴のまま、深見千三郎はじつに鮮やかにタップを踏んで見せた。

トゥ、トゥ、タン！　トゥ、トゥ、タン！　ツタンツ、タン、タン！

トゥ、トゥ、トゥ、タン！　トゥ、トゥ、タン！　ツタンツ　タン、タン！

リズムに乗った軽快な靴音があたりに響き渡った。

なんだいいまのは。すげえな、本物だぜ、おい。オイラはただただ見とれるばかりで声も出なかった。

「こういうの練習するんだな。それからだよ、舞台なんてのは」

「は、はい。明日からタップの学校に通います」

「いいよ、通わなくったって。俺《おれ》が教えてやるよ。とりあえず一週間でいいから、いまのステップを稽古《けいこ》してみな」

「はいッ」

「うん」

師匠はそういい残すと、リーゼントのポマードの残り香をエレベーターの中に漂わせながら楽屋へと消えて行った。

トゥ、トゥ、トゥ、タン！　トゥ、トゥ、タン！　ツタンツ、タン、タン！

トゥ、トゥ、トゥ、タン！　トゥ、トゥ、タン！　ツタンツ、タン、タン！

それから一週間、オイラは、朝晩の掃除のときも、客を乗せるエレベーターの中でも、劇場にくる途中の道すがらも、どこにいてもなにをしてても、トゥ、トゥ、タン！　トゥ、トゥ、タン！　と、師匠に教わったステップを必死になって練習した。

師匠は、毎朝劇場に入る前にオイラのタップを見てくれた。そして、それがうまく踏めるようになると、次のステップを教えてくれるのだった。

新しいステップを教えてもらっては、オイラはエレベーターの中で独り練習を繰り返した。

第三章　初舞台はオカマの役だった

浅草の秋がすぎ、やがてオイラのフランス座生活も三ヵ月がたとうとしていた。

「泊まるところがないんだったら、楽屋に寝泊まりしてもいいぞ。そのうち、アパートでも見つけてやるから」

深見の師匠の許しで、オイラはいつからか楽屋住まいの身になっていた。

楽屋は丁度舞台のうしろ側にあり、舞台と同じ階に二部屋。通路の両端にある階段をあがった二階に三部屋。舞台の下の階（建物でいえば三階の位置）にも一部屋あった。オイラに宛てがわれた部屋は、この下の楽屋だった。

六畳ほどの広さの下の楽屋は、ふだんはあまり使われていないらしく、ガランとして寒々しかった。朽ちて染《し》みだらけの壁。暗い蛍光灯《けいこうとう》。湿気の多い畳。部屋の片隅《かたすみ》には、たっぷりと垢《あか》が染み込み、テカテカと光る、見るからに重そうな万年蒲団《まんねんぶとん》が積み上げてあった。かろうじて一つだけある窓も、鉄枠《てつわく》がすっかり錆《さ》びてしまい、押しても引いてもびくともしなかった。隣のビルからは、壁を伝ってパチンコ屋の軍艦マーチの音楽が煩《うるさ》く聞こえてきていた。

それでも不満はなかった。かつてたくさんの踊り子や芸人たちがこの部屋で生活していたことを思うと、ヘンな感慨すらあった。壁や蒲団の染みの中から漂ってくる安物の香水や化粧水の匂《にお》いも、いやではなかった。この部屋で、オイラは立ちっぱなしのエレベーター番で疲れた身体《からだ》を癒《いや》しながら、朝までぐっすりと眠った。

毎日のエレベーターの中でのタップの練習も、オイラが熱心に、しかもあまりに早くステップを覚えてしまうので、深見の師匠はその度に目を丸くして驚いた。

「もういいよ。もう俺《おれ》の教えるステップがなくなったよ。その先はダンススタジオにでも通って習うんだな」

「じゃあ、タップの学校に通ってもいいんですか」

なんてことだ。見かけはこわもてで、頑固《がんこ》そうだが、けっこう気のまわるやさしいお父っつぁんじゃないのよ。

そして、オイラには、もっと腰を抜かすような僥倖《ぎょうこう》が待ちかまえていた。

しばらくたった日の朝だった。いつものように一階のエレベーターの前で客待ちをしているオイラのところに、深見の師匠がわざわざ階段を使って四階の楽屋から降りてきた。

「おまえ、すぐに売店の婆《ばあ》さんにエレベーターを替わってもらって、楽屋に上がってこい」

「はあ……？」

「アキラの野郎が急に休みやがってよ。早く連絡をよこせばいいものを、いまごろになって休みの電話なんかかけてきやがって、バカヤローめが。もうコントの時間にゃ間に合わないんだよ。あいつは明日からクビだ。おまえ、アキラの代わりにちょっと出てくれ。舞台やりたいんだろ」

「ハイッ！　でも、きょういきなり出演《で》るんですか」

「そうだよ。カマの役だ。『チカン』のコント。知ってるだろ」

「はい。客席から、何度か見せてもらってますから」

「うむ。じゃ、すぐ支度しな」

「はい」

オレは大急ぎで、四階の売店のおばさんのところに行き、事情を話してエレベーターの番を替わってもらえるように頼んだ。売店のおばさんは、いつものように快く引き受けてくれた。元芸人の塚原のおばさんも、オイラがコントに出ることになったことを話すと、自分のことのようによろこび、「そらまよかったな。精いっぱいがんばんなや」と励ましてくれた。

その足で、楽屋に走った。師匠の楽屋は、ステージ裏の、楽屋通路に入ったすぐ左手だった。ここも六畳の座敷の部屋で、テレビと冷蔵庫が備えてあった。

上がりがまちから、左の壁に沿って化粧前があり、奥の席で卓を前に座椅子《ざいす》にすわった師匠が、オイラのくるのを待っていた。

「師匠、きました」

「うん、そこに衣裳《いしよう》が下がってるから、それを着な、オカマだよ。こっちに化粧道具があるから、化粧しな。そのあいだにコントの筋書きをさらってやるから」

「ハイ」

オイラは、衣裳棚《だな》に吊《つ》るされた花柄《はながら》のワンピースを取ると、裸になって頭からひっかぶった。

いわれるままに化粧前に向かって化粧を始めたが、半分ほどしたところで、いきなり師匠の雷がオイラの頭上に落ちてきた。

「バカヤロー、なんだいてめぇのその顔は」

「はあ？」

オイラは化粧前の鏡に映った自分の顔をのぞきこんだ。アイシャドウが真っ青で、アイラインも真っ黒だった。頬《ほお》もおてもやんの顔のように真紅に塗られ、口のルージュも唇《くちびる》を大きくはみだしていた。

「なんだ、その顔はっていうの」

もう一度、大声で師匠がそう怒鳴った。

「はあ、コントなんで、一応面白い顔にしてみようと思いまして。ヘンですか」

「バカヤロー、全部取りやがれ、そんなもん。あのなあ、おまえ名前はなんてんだ」

「北野武です」

「たけしか。タケでいいや。タケな、おまえ、なんか勘違いしてるのとちがうか？　コントだから面白い顔にしました、だって。お笑いだと思って、そんな顔にしたんか。バカヤロー、何考えてんだい」

「はい、いろいろ考えてますが」

「バカ……、口応《くちごた》えするんじゃねぇよ。いいかタケ、人を笑わせんのに、顔とか、姿とか、そんな見てくれのことで笑わすんじゃねぇんだよ。芸人は芸で笑わすんだよ、芸で」

「はあ」

「いいか、見た目が可笑《おか》しいやつってのは、外歩けば、いくらだっているんだよ。ただの見た目で笑わせりゃいいんだったら、まずい顔のやつを連れてくればいいんだ。役者なんかいらねぇんだよ、バカタレが。そんなこともわからねぇのか」

「はい」

「今後いっさい、可笑しい顔で笑わそうなんて考えるなよ。そうじゃなくて、役者の化粧ってのはな、オカマならオカマってのにはこういうのがいるだろうってのをやるんだよ。こういう顔したオカマが絶対いるぜっていうメイクをするんだよ。あいつらは顔は不細工でもふざけた化粧なんかしてねぇぞ。自分は絶対に綺麗《きれい》だと思って化粧をしているはずだ。タケ、おまえもほんとにいい女になろうとして、顔をつくってみろっての。わかったか」

「はい」

あわてて化粧を落とすと、オカマの気持ちを想像しながら、丁寧に塗ったくってみた。しかし、土台が土台なのだ。どうやったって、きれいなオカマにはなりっこなかった。師匠も塗り直したオイラの顔を見て、それ以上はいわなかった。

化粧がすむと、コントの筋立てがあった。『チカン』のコントというのは、浅草フランス座でかけている十コほどあるコントの中でも、話の筋が一番単純でやさしいコントだった。

登場人物も、チンピラの兄弟分の男が二人。通行人の女の子が一人。オカマが一人の計四人である。兄貴分に深見千三郎。弟分には先輩の高山三太。女の子役が踊り子のレミ池田。オカマがオイラだった。

話の筋立ては簡単だった。女に飢えたチンピラ二人が、通りすがりの女の子と付き合うきっかけをつくろうとチカンに成りすまし、狂言芝居をくわだてようというものだった。

二人のチンピラが交替でチカンになる。女の子を襲った直後に、どちらかが正義の味方になって出て来、チカンをやっつけ追っ払い、その女の子を助けてやる。助けられた女の子は、正義の味方の男に恩を感じて、お茶ぐらいには付き合ってあげてもいいと思うようになる。その隙《すき》をついて、あわよくばホテルまで誘っちゃおうという魂胆だ。

まず一番目には弟分がチカンになり、兄貴分が正義の味方になって女の子をだます。しかし、女の子に魂胆を見破られて二人の作戦は見事失敗する。仕方なく次のターゲットを捜すのだが、そこに登場するのがオイラのオカマというわけだ。

この筋立てを、深見の師匠は、全員の役まわりを一人で演じて見せながら、台詞《せりふ》まわしから立ち回りまで、口立てでオイラに教えるのだ。

先輩の高山さんや踊り子のレミ池田は、すでに出の支度を終わって楽屋の出口でスタンバッている。フランス座では、前半が四人、後半が三人で七人の踊り子が舞台をつとめていたが、コントの出番は丁度その中休みの前半の四人の踊り子の出番がすんでからだった。

「いいか、わかったな。レミは台詞あわてるなよ。タケも支度できたな」

「あ、師匠！」

オイラはちょっとあせった。話の筋はわかったのだが、オイラの台詞がどこの部分だかがわからないのだ。

「師匠、オレ、台詞は何をいえばいいんですか？」

「セリフって？」

「なんかいわなきゃいけないんでしょ」

「ああ、おまえのカマ役ね。おまえ、台詞ねぇーよ。適当になんか喋《しゃべ》っとけ。状況で、なんかアドリブが出るだろ。アキラの舞台何度か見たことあるだろ。あいつもセリフは全部アドリブだからな。お兄さん、いいから襲ってよ、くらいなこといっておけ」

アドリブって師匠、オイラ今日が初めての舞台なのに、そんな乱暴な。

「ただ、おまえが出てくると、俺たちがカマだカマだって騒いで逃げる。それをおまえが追っかけてオチになるってことだけ覚えとけ。よし、じゃあ、レミとタケは上手の袖《そで》行って待機してろ」

いわれるままにオレたちは舞台の上手にまわった。

「タケさん大丈夫だわよ。出ちゃえばなんとかなるから」

沖縄出身だという色の浅黒いレミが、しきりと励ましてくれる。彼女はまだ二十を超えたばかりで、年恰好《としかっこう》もオイラと同じくらいだった。元は役者志望で、喜劇女優の清川虹子のところへ弟子入りしたのだがうまくいかず、流れ流れてストリップのダンサーになってしまったという。踊りもそうだったが、役者志望ということもあって、芝居をやらせたら確かに他の踊り子の比にならないくらいうまかった。

ステージでは四番目の踊り子の沢かおりが、オープン着と称するベビードールを股《こ》間《かん》にはさんで、ヘアを隠しかくししながらたくみに踊っている。客は、沢かおりの足の間に首を突っ込んで必死に股間の中を見ようとするが、ついに見せてはもらえなかった。

千葉、埼玉の地方の劇場では、特出し劇場といって踊り子の股間の中までもしっかり見せたり、「入れポン、出しポン」と称して、道具を使って踊り子の股間で遊ばせたりするストリップショウが流行《はや》っていたが、浅草フランス座はそれら地方のストリップ劇場に比べて五、六年は遅れていた。踊り子のヘアさえ見せなかった。そのせいか、客足も少なかった。

昼間の一回目ということもあるが、二百人入る客席には、出べソのエプロンステージの周りに十人あまりのお客さんがわずかに入っているばかりだった。

「タケさん、そろそろよ」

沢かおりの踊りがおわり、客席に一礼してソデに引っ込んだ。一瞬間《ま》をおいて、ステージ全体に生の煌々《こうこう》としたライトが点灯される。

コントの出番である。間髪を入れずに、深見千三郎と高山さんが舞台下手から出て行く。

「いやー、ここんとこ女にモテなくて不自由しちゃってさ。もう下腹部が溜《た》まっちゃってたまっちゃって」

「兄貴、俺だって同じですよ。もう、オシッコに行くたんびに飛び出しそうですもの」

「何が？」

「何がって、だから頭が三角で尻尾《しっぽ》がついてるものが溜まっちゃってたまっちゃって。なんとかしてくださいよ。ここは、吉原だって近いんだから、たまにはルートコくらい連れてってくださいよ」

「バカヤロー、そんな金があったら、俺が行ってるよ。先立つものがないからこうして苦労してるんじゃねぇか」

「なんかいい方法はないですかね」

いよいよコントが始まった。客席はまだシーンと静まり返っている。オイラの出は、兄貴分の師匠がレミを誘って失敗したあとだ。

初めての舞台でもっとアガルものかと思ったら、意外に冷静でいられるのが不思議だった。ただ、オカマ用のハイヒールが小さすぎて爪先《つまさき》が痛く、まっすぐに立っていられない。

弟分の高山が引っ込んだ。いよいよオイラの出番である。師匠が下手のソデから「出ろ！」と、合図を送っている。オレは一世一代のオカマのシナをつくりながら、舞台に出て行った。

しかし、歩き方がギクシャクしていて、どう見てもただのガニ股《また》の男がそのまんま出てきたかっこうだった。客席から失笑が起こった。

そして、オイラが出た途端である。師匠の表情がにわかにけわしくなった。

〈バカヤロー、出る幕の場所が違うんだよ。てめぇは、表の通りを歩いてくるんだから、客席に近い幕間《まくあい》から出るんだよ。ちがう、立つ位置がちがうっての〉

師匠はオイラと擦《す》れちがいざまに、一気にまくし立てていった。それも、役者には聞こえても客席に聞こえない、プロンプターのような小声でだ。

いきなりそう怒られてキョトンとしていると、今度は大声でセリフまわしをはじめた。

「これは、お嬢さん。どこへお出かけですかな？」

「ン？」

どこへって、そんなセリフ、段取りにはなかったぜ。

「どこって、……えーと」

〈バカヤロー、どこでもいいんだよ。適当に応《こた》えろよ〉

「か、買い物よ」

「なんの買い物かな」

「エ？」

〈なんだっていいんだよ。適当に応えろっての〉

「もちろん、お洋服よ」

「ほう、どんなお洋服かね？」

チクショー、台本にないことばっか訊《き》いてきやがって。

「ス、スカートだわよ」

「そのスカートの中を見せろっての。俺のいうことをきくんだこの女め！」

「キャー！」

段取り通り師匠が襲いかかってくる。それを見とどけるや、弟分の高山が飛び出して来、ポカポカとチカンの師匠を殴って追い払う。

「やー、お嬢さん、危ないところでしたね」

ここだ、ここでオカマが逆襲するんだ。ここからがオイラのアドリブだ。

「フン、なによ。久し振りに男にありつけたっていうのに、余分なことをしてくれちゃってさ。どうしてくれるのよ。いいわ、こうなったらあんたでもかまわないわ。あたしと付き合って一緒にホテルへ行きましょうよ」

見様《みよう》みまねだったが、思いつきのアドリブがとっさに口をついて出てきていた。

「グエッ、なんだよ、こいつカマじゃねぇかよ」

「あら、オカマのどこが悪いの。あたしを助けてくれたってのは、その趣味があるからでしょ」

「冗談じゃねぇや。カマなんかに用はねぇやい。おーい、兄貴ィ。助けてくれーい」

「これ、待ちなさいよ。ちょっとお、やらせてあげるからさー」

「バカヤロー、くるなー。そばに寄るなー、キモチ悪リィ。そんな、バカな！」

と、高山さんが舞台を逃げ回るところで、暗転になった。

大爆笑というには遠かったが、それでも客席から笑いの声があがった。

初舞台としてのオイラは十分に満足だった。オレはいつも逆境に強いんだ。切羽つまるとクソ度胸が出て、なにも怖くなくなる。ザマーミロ。ついに笑いもとったぜ。オレは天才なんじゃないかね。意気揚々として、オイラは楽屋にもどった。

しかし、楽屋にもどってからの師匠は、機嫌《きげん》がよくなかった。クレンジングクリームでドーランを落としているオイラに向かって、

「いいか、今日は初めてだからいろいろはいわないが、舞台に上がったら、どんな状況でも応えられるようにしとけよ。コントの舞台はショウの進行具合によって、延ばしたり縮めたりするんだからな。俺が突っ込んできたら、ああ、時間延ばしなんだなと察しろよ。それに、コント芝居には舞台装置も書き割りもねぇけど、芝居の設定に

応じて、家が建ってたり、塀《へい》があったり、看板や電柱が立ったりしてるんだ。そういうのをちゃんと頭ん中に描いて芝居するんだぞ。わかったか、タケ」

「はい」

「わかったら、早くエレベーターの仕事にもどりな」

いったまま、師匠はプイと向こうむいて新聞を読みだした。

師匠のアドリブの突っ込みにも十分応えられたと満足していただけに、たったそれだけのアドバイスには拍子抜けだった。

エレベーターにもどると、塚原のおばさんが心配して舞台の様子をいろいろきいてきた。

「とりあえず笑いはとったけどね」

こたえながら、オレの心境は複雑だった。塚原のおばさんはよかったねを連発してくれたが、オレはやっぱり師匠の本当の評価が知りたかった。

第四章　進行係に昇進。役者のチャンスがやってきた

十一月に入って、お酉《とり》さまの季節がやってきた。

その年は三の酉まであり、俗に三の酉まである冬は寒く火事が多いという話だった。

そのせいでもないんだろうが、その年の浅草の冬はやけに寒かった。とくに、人通りの少ない六区の通りはほかの通りにくらべて、浅草じゅうで一番寒いように感じられた。夜になると、映画館や劇場の建物のすき間から吹いてくる風がたまらなかった。劇場の開《あ》きからかぶりまで一日じゅう外に立ちっぱなしのオイラにとって、六区の通りを吹き抜ける冷たい風は骨身にしみた。

オイラの初舞台の評価を、師匠はいつまでたってもしてはくれない。よかったのか、悪かったのか。あれ以来舞台へのお声もしばらくはかからなかった。

それどころか、誰がいいだしたのか、いつのまにか、「タケは暗いよ。ありゃお笑いには向いてないぜ」、なんていう評判が先輩の役者たちからたち、オレは一人憤慨していた。そりゃ、顔は決して二枚目のいい男とはいえないよ。だけど、高山さんにしたって、コメディアン向きの顔はしているけど、あの北陸ナマリはどうしようもねぇじゃねぇかよ。アキラさんにしたって、性格はずぼらだし、どっか師匠のことをバカにしているところがあるし。一途《いちず》なところなんか全然ない、気が許せねぇやつだぜ。

ときどき舞台だけ手伝いにくる二郎っていう男だってそうだよ。東北弁丸出しでさ。こないだまでロック座に出ていて、確かに舞台慣れはしているけど、でも、てめぇのギャグは持ってないぜ。師匠に教わった台詞《せりふ》をただそのまんま復唱しているだけで、舞台に工夫ってものがねぇじゃねぇかよ。

オイラは劇場《こや》が引けると、千束町《せんぞく》にある鷲《おおとり》神社までお酉様を見に行くことにした。ガキのころに誰かに連れられてきたようなおぼえもあるが、それもほとんど忘れているにちかい記憶だった。

地下鉄田原町の駅から国際劇場の先にかけて、こっちの浅草寺観音の裏手は、言問《こととい》通りから千束通りにかけてと、お酉様に向って人通りが蟻《あり》の行列のように繋《つな》がっていた。

なんだよ、こんなに人が出てるんじゃねぇかよ。この人の波がなんで六区のほうに向いてくんないのかね。なんのための物日《ものび》なんだよ。言問通りを渡り、国際通りを三《み》ノ輪《わ》のほうに歩きながら、だんだん腹が立ってきていた。

お酉様までの通りの片側には、歩道に沿ってぎっしりと露天の店が並んでいた。たこ焼き屋に、べっ甲飴《あめ》。ハッカにニッキ。カルメ焼き。金太郎飴に、水中花売り。イカ焼き。スルメ売り。ほとんどが食い物ばかりの露天商だった。

なんだいチキショー、やんなっちゃうなこの落差は。こんなに人出があるのに六区の通りをカスッていくってのが頭にくるじゃねぇか。いくら六区の劇場街が下火になってるからって、あんまりじゃねぇかよ。

このまま人込みに混って歩いていくのが疎《うと》ましく思えてきた。オイラは途中できびすをかえすと、六区の劇場《こや》のほうに逆もどりして歩きだした。

ラーメンでも食って寝ちまおう。千束通りからひさご通りの商店街とラーメン屋を物色しながら歩いて行くと、なんと劇場の方角から、深見の師匠がこっちに向かってやってくるではないか。師匠の家はこのひさご通りを抜け、いまオイラが歩いてきた千束通りを入ったすぐのところだから、この商店街を歩いていてもちっとも不思議じやないのだが、予想だにしてなかっただけに、ちょっと面食らった。

れいの格子縞《こうしじま》のスーツの上にレインコートをはおっているが、いつもより足の運びが弾んで見える。どうやら少し酒が入っているらしい。師匠はいつも、劇場がかぶる三十分前に帰り支度をしていなくなる。おそらく、劇場の帰りにどこかに立ち寄って飲んできたのだろう。

オイラをみとめると、カチャ、カチャ、カチャとわざと靴底のカネがひびくように足を踏みならして寄ってきた。人込みの中で見る師匠はやっぱり小柄《こがら》だった。

「なんだ、タケじゃねぇか。こんなとこ歩いてて何やってんだ、バカヤローが。お酉様の見物か、コノヤロー。生意気な真似《まね》しやがって」

「はい。すいません」

「なにがすいませんだ。シケた面《つら》して、なんか悪いことでもしてきたんか」

「べつに、そんな」

「おめぇ、腹はへってるか」

「はい」

「何が食いてぇ」

「いま、ラーメン屋でもと」

「バカヤロー、そんなセコイもの食うんじゃねぇよ。ついてきな」

いうがはやいか、師匠はとっとと千束通りに向かって歩きだした。オイラはまたきびすをかえして、カチャ、カチャ、カチャ、カチャいう師匠の靴音の後ろをついて行った。入った店は千束通りの入り口にある、徳寿司《ずし》という小ぎれいな店構えの寿司屋だった。師匠の馴染《なじ》みの店らしかった。

「らっしゃい、師匠」

深見千三郎を認めた板前が大声で〝師匠〟と挨拶《あいさつ》した。この界隈《かいわい》では、すっかり師匠の呼び名で通っているらしい。お酉様につながる店の前の通りが込んでいるわりには、寿司屋の中は空《す》いていた。常連しかこない店のようだった。

「いつもの頼む」

「へいっ」

「おめぇは、何にすんだ」

「はい。イカとタコなんか」

「バカヤロー、そんなもの食うんじゃないんだよ。芸人はもっといいものを食うんだよ。もっといいものにしな」

「でも、オイラまだ……」

「板さん、悪いんだけど、俺《おれ》と同じネタを、こっちには握りで出してやってくれないかい」

「へい、トロにイクラ、アワビに赤貝、白身はタイでいいですね」

目の前に師匠と同じ寿司ネタがならんだ。その店では一番高そうなネタだった。

「ほら、食えよ。遠慮しなくたっていいんだよ」

「だって、こんな上等なもん」

「何いってんだバカヤロー、おめぇも貧乏育ちだな。家は何やってるんだ」

「足立《あだち》でペンキ屋です」

「そのまんまか。ま、いいや。食えや」

寿司は江戸前でうまかった。すすめられるままビールも飲み、ひさびさにうまいものを食ったというおもいがあった。胃袋がびっくりして、キュルキュルと躍っているのがわかった。

「ところで、おめぇな。エレベーターのほうはどうだ」

「どうって、一所懸命やらせてもらってます」

「おもしれぇか」

「べつにおもしろくなんかありませんけど」

師匠はカウンターの前を見つめたまましばらく黙り込んでいた。そんなことよりオイラは初めての舞台についての、師匠の感想が聞きたかった。べつに褒《ほ》めてほしいなぞとは思わないが、オレの才能がどの程度のものなのか。これからもやっていけるものなのかどうか。だけど、面と向かって聞き出そうなんて勇気はとてもなかった。

「タップの練習はやってるのか」

「はい。外に習いに行きたいんですけど、時間がないもんで」

そんなオイラの心の中を見たのか、師匠がいきなり変な話を切り出してきた。

「なあタケ、おめぇ、アキラのやつ知ってんだろ。あいつが、どーこから相棒を探してきたもんか、劇場《こや》をやめて松竹演芸場に出てぇなんていいだしてよ。あの乞食《こじき》ヤローが。あんな実力でコンビなんか組んだって、何ができるってんだよ。まだまだ十年早ぇや」

「…………」

「なんの芸もねぇくせに、生意気だってんだよ。もっと早くクビにしときゃよかったんだ、バカタレが。師匠おヒマくださいだって、あの乞食ヤローが。暇なんかいくらだってくれてやるってての。あんなに面倒見てやったのに、裏切りやがって。もう二度と劇場の敷居なんか跨《また》がせねぇからな」

どうした具合なのか、師匠は急に酔いがまわったようなふりをした。なにかというと、バカヤロー、乞食ヤローを連発し、さっきまでとはうって変って、覇気《はき》のある自信たっぷりの師匠とはちがって見えた。まるで別人の深見千三郎を見たような気がした。

いいから早く食えよ。食え、食えと急《せ》かすせっかちな師匠のすすめかたに、オレはすっかり煽《あお》られて、何人前の寿司を食ったのか覚えていないくらい満腹になっていた。

外に出ると、肩に大きな熊手《くまで》を担《かつ》ぎ、手には縁日で買ったみやげ物をぶら下げた人たちが次々とオイラの目の前を通りすぎていった。

「早く劇場に帰って寝るんだぞ。火には気をつけろよ」

「はい。師匠ごちそうさまでした」

「うむ」

別れぎわに師匠はオイラの手をとると、「持ってけ」とお金を握らせてきた。見ると、きちんと折り畳んだ千円札が二枚、掌《てのひら》の中に入っていた。

そのまま背を向けると、千鳥足をよたよたさせながら、師匠は象潟《きさかた》の町の灯《あか》りの中に消えて行った。後ろ姿が、心なしかさびしそうに見えた。

それから二、三日してからの朝だった。オレは久し振りに楽屋に呼ばれた。

初めてのぞいた時のように、師匠が奥の座椅子《ざいす》に寄りかかってすわり、入り口の化粧前では高山さんと二郎がきちんと正座していた。

「師匠、きました」

「うむ。あのな、きょうからアキラのやつはこないからな。あいつはクビにしたから。勝手な真似するやつは、こっちのほうから願い下げだ。そこでだ、タケ。おめえ、今日から進行をやれ」

「はあ」

「進行係だよ。舞台のほうは、高山と二郎と相談してやっていけ」

「あの、エレベーターのほうはどうするんですか？」

「どうするってバカヤロー、また塚原の婆《ばばあ》にやらせとけばいいんだよ。こっちは舞台のほうが大事なんだから」

「それじゃあ、オイラは」

「そうだよ、タケやんもいよいよレギュラーで取り立てってところだな」

先輩の高山さんがいった。

やったぜ、みろよ。はははは、きょうから役者だぜ、オイラは。ほんとは小おどりして喜びたかったが、先輩たちがいる手前恥ずかしく、下を向いてじっと嬉《うれ》しさをかみしめていた。

「なにボケッとしてるんだ、早く進行に取りかからねぇかよ。あと三十分で幕が開くんだぞ」

「ハ、ハイ」

「高山、タケが入るから芝居は当分『チカン』のコントでいくんだな」

進行係は、かつて浅草フランス座に文芸部というものが存在していたころから、舞台の制作から進行まで劇場の中枢《ちゅうすう》をつかさどる、もっとも重要なポジションだった。昭和三十二、三年ごろの渥美清が浅草フランス座のコメディアンとして活躍していた当時、文芸部進行係ではのちの作家、井上ひさしが働いていたという歴史も残っている。

進行係の仕事というのは、舞台の幕引きから、ステージの時間調整、踊り子さんの出番のチェックと呼び出し、踊り子さんが脱いだ衣裳《いしょう》の運搬、小道具のセットや仕掛けの準備、はては踊り子さんの身のまわりの世話から使い走りまで、舞台と楽屋に関するすべての雑用をやらなくてはならなかった。エレベーター係にくらべたら雲泥《うんでい》の差で、忙しさもそうだが、やり甲斐《がい》のある仕事だった。

「おはようございます。こんど進行をやることになった、タケシです。よろしくおねがいします」

まず最初の仕事は踊り子の楽屋まわりだった。先輩の高山さんにつれられて、オイラは四部屋ある踊り子たちの楽屋をまわって歩いた。

「ああ、エレベーターにいたお兄さんね。しっかり頑張《がんば》んなね」

「ハイ」

「おお、まだ若いやないの。あんたも役者志望なんかい。うちの亭主も昔はコメディアンをやってたんよ。もう離れちゃったけどな。あたしらのパンツ運びもしっかり頼んまっせ。アハハハハ」

踊り子の楽屋には、どの部屋にも入り口に派手な衣裳がぶら下がっていた。黒のイブニングドレス、スパンコールのついた真紅の衣裳、羽毛をあしらった真っ白なドレス、芸者の着るような派手な着物と、色とりどりのデザインをあしらった衣裳が吊《つ》るされてあった。

また、部屋の壁に沿って作られてある化粧前には、ケイ茜《あかね》だとか、松原美保だとか、メリー滝川だとか踊り子の名前の書かれた短冊《たんざく》が貼《は》られていて、鏡の前の化粧台にはピンクやミルク色やだいだい色をした大小様々の化粧道具がところせましとぎっしりならんでいた。

　楽屋での踊り子たちは、パジャマ姿だったり、パンツにTシャツ一枚だったり、浴衣《ゆかた》を着てたりで、漫画雑誌や週刊誌を読みふけっているものもいれば、昼寝をしているものがいたり、もぐもぐとなにか食べていたりと、十人十色それぞれがそれぞれの恰好《かっこう》でまるで自分の家でくつろいでいるような雰囲気《ふんいき》があった。

　楽屋まわりがすむと、客席の二階後方にある照明室にも挨拶にいった。ここには照明・効果係として二人のおじさんが交替で待機していたが、見るからに裏方の職人タイプという出《い》で立《た》ちをしていて、異様な迫力があった。若い進行係の新人が入ってきたからといってだからどうしたんだいといった、まるで頓着《とんじゃく》などしない様子だった。

　さ、いよいよ、きょうから進行係である。舞台に直接関係ある仕事ができるのだ。芝居にだって、レギュラーで出させてもらえる。塚原のおばさんにゃ悪いが、もうエレベーターなんかやらなくていいのだ。チクショー、やってやるぜ。全身に武者震いがくるのをとめられなかった。

　十二時きっかり。高山さんに教えられたとおり、オレは照明室に舞台の準備完了の連絡を入れると、下手の袖《そで》にある開幕ベルのボタンを押した。

　ブウウウウウウウ――。

大きなブザー音が劇場内に響きわたった。

『ながらくお待たせいたしました。ただいまより浅草フランス座がお送りいたします、関東関西オールスター、夢のヌードショウの開演です。最後までごゆっくり、御観覧くださいませ！』

テープに吹き込まれた高山先輩のアナウンスがながれ、一番手の踊り子の最初の曲が始まった。オイラは緊張する手で、ゆっくりとドン帳の紐《ひも》を引いていった。

第五章　志の川亜矢という踊り子が可愛《かわい》がってくれた

新米の進行係のオイラに、なにかと目をかけてくれたのが、志の川亜矢という踊り子だった。

三十なかばをすぎた志の川の姐《ねえ》さんは、深見の師匠の何番目かの奥さんということだった。長野県の貧しい家に育ち、そのまま踊り子になってしまったという、踊り子に身を落とすまでの典型を絵に描《か》いたような人だった。踊り子になってからも、親兄弟はもちろんのこと、定職につこうとしない妹夫婦やその家族たちの生活の面倒までひとり抱えてみていた。

劇場での志の川の姐さんはなにかにつけてオイラを楽屋《がくや》に呼びつけ、食べ物をご馳《ち》走《そう》したがった。弁当をつくったからといっては食べろ。『天正』の天丼《てんどん》の出前をとったからといっては食べろ。ラーメンをたのんだからといっては食え。スーパーの三平ストアで買い物をしたからといっては、やれ菓子を食え、果物を食えと、とにかくオイラの顔を見つけてはまるで動物園の猿《さる》に餌《えさ》でもやるようなかんじで、物を食べさせたがるのだった。

姐さんが心配するほどにオイラが飢えていたこともたしかだった。エレベーター係から栄《は》えある進行係に昇格したからといっても、騰《あ》がった給料はたったの五百円だったし、一日働いてもらう日給も千五百円だった。朝はフランス座のなめ前にある『ブロンデイ』という喫茶店に寄って、二百五十円のモーニングサービスのトーストを食い、昼はオペラ靴《くつ》屋の裏の『一八』という立ち食いソバ屋の一杯百円のてんぷらソバで凌《しの》ぎ、タバコを買い、夜はチュウハイを何杯か飲んだら、それで終わりだった。みごとに一銭も残らなかった。だからいつも腹をすかしている痩《や》せこけたノラ犬みたいなもんだった。

志の川の姐さんにすすめられるまま、出されるままに、オイラは食って食って食いまくった。それでも一向に太る気配はなく、眼光だけが鋭くなるばかりで飢餓感は決してなくなってくれなかった。

志の川の姐さんは、やせたノラ犬に餌を与えるかわりに、どこにいようとなにをしていようとおかまいなしに、あたりかまわずの大声で「タケーッ!」とオイラを呼びつけるのだった。

「タケーッ！」

「ふああーい！」

下手袖《そで》にある進行係の席から、オイラは姐さんの楽屋に仕方なく駆けつける。

「なにまぬけな声出してるんだよ。呼んだら、すぐくるんだよ」

「きてるじゃないですか」

「今週はローソクショウをやるんだから、タケ、ひとっ走り行って、ローソク買ってきな。そこの稲荷《いなり》町の仏壇屋へ行けば売ってるよ。大仏様にあげるような太《ぶ》っといやつだよ」

これじゃまるで、深見千三郎の弟子になったのではなく、志の川の姐さんの弟子になったみたいだった。

ところが、この亜矢姐さんのローソクショウがまた大変だった。禁欲生活をおくる尼《に》僧《そう》が性の欲望に耐えられなくなり、ひとりオナニーに耽《ふけ》りはじめる。挙句、ローソクの燃える炎を使ってより強い興奮を求め、自慰に溺《おぼ》れていくという踊りの設定だった。

暗闇《くらやみ》の中で、尼僧姿の踊り子が火のついたローソクを持ち、ひとりオナニーにふけるなんて舞台は、それだけで刺激的で、まちがいなくお客の興奮をそそるはずだった。

がしかし、亜矢姐さんの舞台はちがっていた。あわて者の姐さんは客の興奮をそそるどころか、失笑ばかりかっていた。

ローソクの溶けた雫《しずく》を裸の胸に落とすたびに、姐さんは、

「アチ、アチ、アヂヂ、アヂヂ」

と大声をはり上げ、舞台をころげまわりながら袖の進行席にいるオイラに助けをもとめてくるのだ。

「姐さんローソクが近すぎるんですよ。もっとはなして。もっと上ですよ」

しかし、姐さんの胸はすでに真っ赤に腫《は》れ上がっていた。

「タケ、駄目《だめ》だこりゃ。火傷《やけど》ばっかりで舞台なんかやってらんないよ。来週から違う出しものにしよう。そうだ、入浴ショウやろう。入浴ショウだったら好きなお酒も飲めるしさ。タケ、三升ほど酒を買っといで」

こんどは、日本酒を買いに走るオイラだった。

姐さんの入浴ショウは、一度だけ見たことがあった。行水のたらい桶《おけ》に入った島田に芸者姿の姐さんが、舞台に上げたお客に背中を流させたり、浴衣《ゆかた》になってお酒をす

すめたり。ほんとに、志の川の姐さんの芸者姿は浅草象潟《きさかた》の見番《けんばん》に出しても負けないくらいにぴたりときまっていた。姐さんもそれを知っててか、めったに洋舞は踊らず、日舞の舞台のほうが多かった。

そして、初日の日がきた。劇場では十日ごとに初日がやってくるのだが、とくに新米の進行係にとってこの日の朝は、火事場のように慌《あわ》ただしかった。

深見の師匠が劇場入りすると、オレたち役者兼進行係は全員師匠の楽屋に集合する。

「今週出演の踊り子は、いつもの通り専属が四人、ゲストの踊り子が三人の計七人だ。踊りのあいだに二十分のコントを入れる。高山、時間の調整には気をつけろよ」

「はい」

「タケは、これを持って散れ」

師匠がすでに作っておいた、十日間に出演する踊り子の香盤《こうばん》（出演表）をオイラは渡された。香盤には、一番、ケイ茜《あかね》。二番、レミ池田。三番、浅吹じゅん。四番、沢かおり。コント『チカン』。五番、志の川亜矢。六番、メリー八木。七番、松原美保。このうちケイ茜、レミ池田、志の川亜矢、松原美保の四人がフランス座専属の踊り子だった。

新米のオイラはその香盤を持って、楽屋の通路や踊り子の各部屋の入り口に貼《は》って歩き、照明室や支配人事務所にも届けに行った。

先輩の高山さんと二郎たちは踊り子の楽屋をまわり、それぞれの踊り子から十日間に舞台にかける曲のレコードを出してもらい、ついでに持ち時間や衣裳《いしょう》、振り付けや演出をチェックして歩くという役目だった。

踊り子たちも初日の日は緊張感がみなぎり、どの楽屋もワサワサして活気があった。

舞台の袖の進行係の席にもどってくると、またしても「タケー、タケー」と大声でオイラを呼ぶ、悲鳴のような志の川の姐さんの声が聞こえてきた。姐さんの楽屋は師匠の隣の部屋で、四人の大部屋だった。走って駆けつけると、

「タケ、あたしの入浴ショウを手伝ってもらうよ、いいね。そこにお銚子《ちょうし》があるから、お酒を入れて、お猪口《ちょこ》を用意しときな。それがすんだら、うらの流しのところに薬缶《やかん》があるから、お湯を沸かして、あたしの出番がきたら、たらいを出して、湯かげんを見ながら湯をはっといてちょうだい。わかったわね」

姐さんは羽二重の顔にドーランをたっぷりと塗ったくり、誰だかまったくわからないような顔になりながら、あれこれと指図した。

「新米の進行さん。志の川の姐さんに一人前に鍛えてもらうといいよ」

隣の化粧前で、ドレスのほつれを繕っていた沢かおりさんがいった。

「そうだよ、あたしがせっかく進行の仕事がどういうものだか教えてやろうってのに、不服な顔をしやがってさ、タケは」

「べつに、不服な顔なんてしてませんよ」

「じゃあ、どしたのよ、その楽しくなさそうな顔はさ。うん？」

「オイラ、進行の仕事を覚えるためにフランス座に入ったわけじゃないすから」

「それじゃなんだい、役者かい。生意気いってんじゃないよ。役者、役者って、あんたら一体誰のおかげで飯が食えるとおもってんだい。みんなあたしら踊り子のおかげじゃないのよ。踊り子が裸になって、オマンコ見せるから客がきて、お金がもらえるんじゃないの。ええ、タケ。あんた口応《くちごた》えすんのはまだ十年早いよ。なんだったら、タケ、あんたら役者だけの力で客を呼んでみなね。浅草フランス座は踊り子よりもコントのほうが面白いっていわせてみなね。そしたらあたしらも頭を下げてあげるわな」

まったく、もう。志の川の姐さんの言いぐさには、ぐうの音も出なかった。

いよいよ初日の日の幕が開いた。しかし今日も客の入りは二十人ぐらいだ。高山さんが開演のブザーを鳴らして幕を開けると、真紅のイブニングドレスに身を包んだケイ茜がステージに出て行った。紅いドレスは面倒見のいい浅吹の姐さんから借りた衣裳だ。ケイはまだ三ヵ月前に踊り子になったばかりの研究生だった。楽日《らくび》の夜に振付け師の田村仁先生から教わったばかりの振りを、まるで稽古のおさらいでもするかのようになぞりながら、おっかなびっくりした足どりで踊っている。

一人の踊り子の舞台の受け持ち時間は約二十分。レコードにすると五曲から六曲分だった。どの踊り子も一曲目、二曲目はスローな曲で始まり、お客にお披露目《ひろめ》の踊りを見せたところで、三曲目の速いテンポの音楽に乗ってようやく脱ぎ出すというのが、舞台のパターンだった。

四曲目ではふたたびゆっくりとした音楽になってムードを盛り上げ、最後の曲で素っ裸になり、思いっ切り明るいオープン曲に乗って終わるのだ。

踊り子によってレコードの趣味はまちまちで、演歌ばかりしかかけない踊り子もいれば、アイドル歌手一辺倒だったり、ロックやR&Bやポップスをガンガンかけてゴーゴークラブに遊びにきているような雰囲気《ふんいき》で踊っている子もいた。

履きなれない踵《かかと》の高いハイヒールをはいて、ぎくしゃくとラジオ体操のような踊りを踊っていたケイ茜が、三曲目に入ってようやくブラジャーを取り去った。そのしぐさがあまりにも素人《しろうと》っぽいので、客席からひやかしの歓声と拍手が湧《わ》いた。ケイはしきりと照れながら下手の進行の席までゆっくりともどってくる。

「すいませーん。これおねがいしまーす」

ケイが、脱いだ衣裳を風呂《ふろ》屋の脱衣場にあるような籠《かご》の中に入れていく。踊り子の脱いだ衣裳を楽屋の化粧前まで運ぶのも進行係の仕事だった。通称これをパンツ運びと呼び、衣裳だけでなく進行係は踊り子のパンツまで運ぶのだった。志の川の姐さんの言いぐさじゃないが、進行係は踊り子のパンツを運んではじめていくらの給料がもらえた。

レミ池田、浅吹じゅん、沢かおりと進んで、いよいよオレたち役者のコントの時間が迫ってきた。先輩の高山さんや二郎も出番の支度にかかっている。オイラはまたオカマの役だ。今週も師匠は出ない。高山さんと二郎とオイラの三人で舞台をつとめるのだ。

「おい、タケやん。コントのすぐあとが志の川の姐さんの出番で入浴ショウだから、先に湯を沸かして、たらいを用意しとけよ」

あ、そっか。高山さんにそういわれてはじめてオイラは焦《あせ》った。急いで流しに走り、大きな薬缶に水を口切りいっぱいに入れ、ガンガンの強火にしてガスコンロにかけた。たらいを出し、酒の入ったお銚子を一緒に用意する。あとは手拭《てぬぐ》いにタオルと。これで、よしと。

楽屋に飛んで返って、オイラもオカマ衣裳《いしょう》をつけ化粧を始めた。心配になったのか、すっかり芸者姿になり、いまにもお座敷に出んばかりという粋な風情《ふぜい》をたたえた志の川の姐さんが、オイラたちの楽屋に顔を出した。

「タケ、お湯は大丈夫だろうね」

「はい。いま沸かしてますから。二十分コントが入りますので、じゅうぶん間にあうと思います」

「頼んだよ。コントの暗転のあいだにさ。舞台の真ん中の、サスのスポットの真下にお酒とたらいを出しといてちょうだい。だけど、タケのオカマはどう化粧したって、ひさご通りを歩いてるドガマだね。気持ち悪くてしょうがないよ。そのガニ股《また》がいけないんだね。どうにかなんないんかね、クマみたいなすね毛もさ」

「グフッ!!」

「ま、しっかり笑いとってや。あんたも、べ、べしゃりはまあまあなんだからさ」

「はい。頑張《がんば》ります」

「いいよ、頑張んなくたって。お腹《なか》すくから」

って行く。

志の川の姐さんがヨタを飛ばし、ケタケタと笑い声をあげながら自分の楽屋にもど

『チカン』のコントは、いつもより笑いが多かった。深見の師匠が出ないぶんオレたちがリラックスできるからで、師匠がいないのをいいことに、高山さんも二郎も飛ばし放題のアドリブを飛ばしていた。

ひとがウケれば自分だってウケたくなるのが生の舞台だった。オイラも負けじと思いついたアドリブやヨタを並べ、おかげでコントは十分も延長してしまっていた。

爆笑と拍手をもらい、暗転になって引っ込むと、オカマの恰好《かっこう》のまま大急ぎで姐さんの入浴ショウの用意を始めた。

ガスコンロの上では、チンチンになったお湯が薬缶の蓋《ふた》をパカパカいわせていた。暗転にされた暗闇の舞台にたらいを出し、薬缶のお湯を一気に流し込んだ。もうもうとした湯気が、闇の中に立ち昇る。あわてて水を入れてお湯をうめる。

お酒を用意し、タオルと手拭いを確認したところで、下手の袖で待機している志の川の姐さんに合図を送った。照明、効果係も暗闇の舞台からオイラが消えたのを確認すると、姐さんの出番の曲を流し始めた。

芸者姿の艶《あで》やかな志の川の姐さんが舞台に登場した。客席には姐さんのファンが何

人かきているらしく、ピィーピィーという歓声があがった。

一曲二曲とお座敷舞いを披露し、お客を堪能《たんのう》させたところで客席に降りて行く。またまた歓声が湧き起こった。姐さんは客席の一番前にいた、サラリーマン風の中年男の手を取ると、舞台に招き上げた。

頭の薄くなった中年のサラリーマンは、舞台に上げられて照れながらも、姐さんに誘導されるままに着物の帯を解いたり、伊達《だて》巻きをはずしたり、楽しみながら姐さんが裸になって風呂に入るのを手伝っている。

さ、ここで志の川の姐さんは一気にスッポンポンになり、たらい桶の中に飛び込むのだ。そうしておいて、お客に背中を流させ、湯のあとに差しつ差されつでお客と一杯やろうという趣向だった。

姐さんが踊りながら素裸になり、手拭いを前に当て、しなをつくりながらおもむろに桶の中に入ろうとした、その途端である。

「あぢッ。あぢッ、あぢッ、あぢ。あちーなあ、もう」

大声をあげて裸の姐さんが跳びのいた。踊りながらしゃがみこんでは桶に手を入れ、湯かげんを見ている。しばらくして意を決したように足を突っこもうとするが、「あちち、あちち」とまた引っこめてしまう。じゅうぶんに水で埋めたはずなのにな。

姐さんは、緋色《ひいろ》の腰巻きを巻きなおし、踊りながら桶のまわりを回り始めた。片足を突っ込んでは踊り、突っ込んでは踊りして、桶の周りをくるくるまわっている。しかし、いっこうに湯は冷めてくれないらしい。舞台に上げられた薄禿《うすはげ》のサラリーマンはどうしたものかと所在なさそうに窺《うかが》っている。

業《ごう》を煮やした志の川の姐さんは、とうとう上手の袖でオカマの恰好のまま待機するオイラのところまで踊りながらやってきたのだ。

「タケ、このバカタレが。あたしゃ釜《かま》ゆでの五右衛門《ごえもん》じゃないんだよ。猫肌のあたしがあんな熱い風呂に入れるかっての。水だよ、水、はやく水持ってきな、バカ」

「は、はい」

オカマのオイラがよたよたと洗面器に水を汲《く》みに行く。受け取って姐さんが、踊りながら舞台の桶の中に水を入れてうめる。また踊りながらオイラのところまでやってくる。洗面器の水をバトンタッチで姐さんに渡す。ジャーと、音を立てて水を放《ほう》り込む。

島田のかつらに腰巻き一枚でオッパイを丸出しにした姐さんが、踊りながらこれを繰り返している。まるで温泉場の火事の消火作業のようになってしまった。薄禿のサラリーマンはあきれかえってさっさと自分から舞台をおり、客席から舞台の模様を眺《なが》めて笑っている。

さっきまで、クスクスとした控え目の笑いだった客席が、いつのまにか「頑張れよー」「まだ、入れねぇかー」という声援が飛びかい、爆笑の渦《うず》になっていた。

しかもだ。ようやくのことに桶の湯がぬるかげんになり、姐さんがザブンと飛び込んだ時には、すでに舞台にはラスト曲が鳴り始めていた。ラストはオープンの踊りだ。いまさら湯の中に入って客に背中を流させたところでしょうがない。舞台をまわって客にサービスしなきゃならないのだ。

志の川の姐さんがもくろんでいた粋《いき》な芸者の湯浴《ゆあ》みシーンも、さんざんな舞台になってしまっていた。当然のごとく、舞台がすむとオイラは楽屋に呼び出された。

「タケ、ほんとにいい舞台をさせてくれたわね」

「姐さん、どうもすいませんでした。でも、お客にはウケてたです」

「バカタレ、コントやってんじゃないんだから、あたしが笑いで拍手取ってどうすんだよ。アチチ、アチチって桶のまわりをぐるぐる回ってさ。あたしゃ、カチカチ山のタヌキじゃないんだよ」

「クククゥウウウウ」

姐さんと同室の踊り子たちが、下を向いて心死に笑いをこらえている。姐さんがきっとした顔で、みんなを見る。だが、こみあげてくる笑いはおさえることができない。

「タケ、あんたはまだわかってないんだね。誰のおかげで飯が食えると思ってんだっての」

「姐さんたちのおかげです」

「わかってるじゃないのよ。わかってりゃいいんだよ。ところでタケ、あたしの踊りそんなにウケてたかい」

「はい、そりゃあもう。客席じゅうがひっくり返ってました」

「そうかい、アハハハハ。ああいうところでも笑いを取っちゃうんだから、あたしも浅草の芸人だあね。さ、きょうはおじやをたくさんつくったから、タケあんたもお食べな」

「はい。いただきます」

志の川の姐さんの小言はそれだけで終わった。しかし、そのあとで口の中をやけどしそうになるくらいの熱いおじやをたっぷりと食わされた。

第六章　深見師匠の芝居の迫力にはタジタジだった

オイラがコントの舞台で一所懸命やっているところを見るにつけ、深見の師匠はことあるごとにほかの芝居ネタも次々に教えてくれた。

師匠はいつまでたってもオイラの芝居のうまいヘタについては一言もいってくれなかったが、でも密《ひそ》かに認めてくれているのだけはわかった。

そらそうだろ。師匠にしてみれば、十六歳の時にすでに自分の一座を持ち、北海道、東北、ハワイまでも巡業し、深見千三郎の名をほしいままにしていたというのだから。いまでこそストリップ劇場の座長兼コメディアンの地位におさまっているが、師匠にしてみれば、かつては天をも恐れぬ浅草の軽演劇役者、深見千三郎だったのだ。

その師匠が、きのうやおととい入ってきた、軽演劇の何たるかも知らない若造の舞台に、あれこれへったくれもないのである。「てめぇなんかの乞食《こじき》芝居、誰が知るか。傍《そば》によるな、下がれ」というのが、深見千三郎の本音の心情だったにちがいない。

師匠の出る舞台にしたってそうだ。自分の出る舞台に手を抜くなんてことは一度もなかったが、オイラなんかの若い弟子たちを相手にして、師匠がどれだけの思いで舞台を勤めていただろうか。書き割りも舞台セットもなにもないなかで、セコ芝居だと思いながらも、それだからといって自分の名を汚すようないいかげんな舞台もできないし、と師匠の気持ちも複雑だったにちがいない。

だから、深見の師匠は毎週舞台に上がるとはかぎらなかった。オレたちに新しいネタを仕込んでくれる時と、土曜や日曜、そして浅草の祭りや物日がついた時など比較的客の入りがいい場合にかぎられていた。

あとは、おまえら若いもんに舞台を貸してやらぁといったかんじで、オイラたちが舞台に出ているあいだも、師匠は楽屋に閉じ籠《こも》ったままオレたちの芝居を見にこようともしなかった。

オイラたちがたとえどんなにお客にウケていようが、反対にどんなにウケなかろうが、そのことについていちいち意見をいったりするようなこともなかった。

ただ、根っからの芝居好きで、芝居以外のことは生涯《しょうがい》考えたことのない師匠だったから、やっぱり黙ってはいても、オイラみたいな根っからのギャグ好きの心情はわかってもらえるらしかった。だから、役者に取り立てられて一ヵ月もしないのに、師匠はオイラを一丁前に扱ってくれるようになっていた。そして、堰《せき》を切ったように矢継ぎ早に新しいネタを披露《ひろう》してくれた。

『川の氾濫《はんらん》のコント』

『ポン引きのコント』

『中気のコント』

『便利屋のコント』

『泥棒《どろぼう》のコント』

『乞食のコント』

通称『ジンタ』と呼ばれる『巡査と万引き兄弟のコント』

チャンバラの『立ち回りのコント』

そのほかにも『チカンのコント』と同じような内容の『靴磨《くつみが》きのコント』など、それらのコントを深見の師匠はまず独り芝居で楽屋で演《や》って見せ、それから舞台にかけて見本を見せてくれるのだった。

これらのコントのネタは、浅草のストリップ劇場で昔から伝統的に演じられてきた芝居ネタだった。おそらくその昔に名のある座付き作家たちが書きついできたものなんだろうが、時代とともに風化したり、演じる役者によってギャグや台詞《せりふ》も次々変形させられ、新しい別の作品になっているものもあった。

オイラたちにしてもそうだった。当たり前のように、舞台はその時どきの生身の感覚がそのまんま出る。少しでもギャグの感覚が古く腐っていると、もうお客は笑っちゃくれない。バカにされるだけだ。先輩たちが脈々と演じてきたコント作品も、場合によってはほとんど全部ぶち壊して演じなきゃできないこともあった。

『川の氾濫のコント』は、田舎町の役場の土木職員になりすました二人の男が、川の氾濫事故をよそおって、通行人の女のスカートの中を覗《のぞ》いてしまおうという、どう考えてもまともじゃない、大時代的な古くさいコントだった。

だけどオイラがこのコントを気に入っていたのは、地方の役場職員になりすました師匠の演出が素晴らしかったからだ。なにかにつけて権力をたてにしては自分のスケべさを満足させようという役場の職員の心情が面白く、ギャグになっていた。

大雨で川が氾濫し橋が流れてしまったという想定で、河岸に役場の職員が待機している。そこへ通行人の村の女の子が登場する。

「なに？　お嬢さんはこの先の橋を渡りたいってか。あー、ダメダメ。お嬢さん新聞読んでないな。だから駄目《だめ》なんだ。新聞も読まないラジオも聴かないという女の子がいるから世の中よくならないんだ。もっと社会に敏感にならなきゃ駄目だ。

実はな、ゆうべの夜の真夜中に、大雨でこの先の橋が流されてしまってな。馬鹿《ばか》！降ったんだよ、ゆうべ大雨が。信用してないな。そういう自分の環境だけで世の中を判断しようとするから間違いが起こるんだ。いいかい。百メートルはなれたら天候も変わろうという世の中だよ。向こうの町は降らなくてもこっちの町が大雨なんてことはいくらでもあるんだ。ダメだ、もどりなさい！

なに!?　どうしても用事があって渡りたい。よし。そういう困った人のためにこうしてわれわれ二人の役場の職員がここに派遣されているんだから。どうしても渡りたい人のために、一つだけ方法がある。われわれ職員があらかじめ河川の安全なところに大きな石を置いてある。ここなら流れも緩やかだし、浅瀬にもなってるから歩いて渡れる。ただしだ。石に沿ってうまく渡っていかないと、激流に足を取られて、あんたは川下《かわしも》にどんどこ流されていくはめになる。

いいかな、そこでだ。この浅瀬をうまく渡るために、ここで石のまたぎ方を練習しておく。われわれ二人がここでその石になるから、私たちを踏み台にしてまたぎなさい。何が恥ずかしいだ。役場を馬鹿にしてんのか。生命にかかわることなんだよ。すぐにスカートをまくりなさい。やだじゃない。役場職員をナメてんのかい。われわれはわざわざそのために派遣されてきているんだから。

駄目！　早い！　もっとゆっくりだ。もっとゆっくり大きく股《また》を開いて、パンツをよく見せてだな。それから渡る。そう、そういう具合にだ。もっとこっちにも見えるように。あ、駄目だ。石が硬くなってきた。石の下腹部が変調をきたしてきた。よしそこまでだ。もういい。行きなさい。

……クッ、クッ、クッ。なー、おまえ。簡単に見せてくれるだろ。おー、きた。また女がきた。ひっかけろ」

と、もう一人女の子がやってきたかと思うと、これがまたオカマだったという落ちで終わるのだ。役場の職員というなんだかわからない人物が、「役場をなんだと思ってるんだ」とか、「役場の職員をナメてんのか」と権力をふりかざして、脅しでスケベをやっちゃおうというところが客にウケた。

次に教わった『ポン引きのコント』は、フランス座の代表的なコントといっていいくらい、よく舞台にかけられた芝居だった。ポン引きとお客との、絶妙な掛け合いを見せるコントで、この芝居もオイラは気に入っていた。

春日部《かすかべ》農協の副組合長を名のる禿《はげ》づらのおやじが浅草に遊びにやってくる。目的は女だ。夜の街の女の紹介記事が載っているスケベ雑誌を持ってウロチョロしていると、そこにポン引きが現われるといった設定だ。この春日部のすけべな禿おやじを、深見の師匠が演じるのだ。

ポン引きに声をかけられると、一瞬ひるむが、すぐに反撃に出ようとする禿おやじ。

「旦那《だんな》、旦那って、うるせぇなこの野郎。ポン引きだなてめぇは。ちゃんと知ってんだよ、こっちゃ遊び馴《な》れてんだから。浅草へくるってぇと、おまえみたいのがよくいるんだよ。そうは、引っかかんないよ。

ええ、なに？　小柳ルミ子をちょっと太らしたような女の子だって？　いるのかよ、この週刊誌に載っているような子が。馬鹿野郎、だまされねぇぞ。そんな手にのるかってんだい。こっちゃこう見えたって、春日部農協の副組合長なんだからな。地元へ帰りゃ大変なんだから。それをおまえなんかポン引きごときにだまされたとあっちゃ、農協が黙っちゃいないよ。駄目だ。あっちいけ。おまえなんかに用はないんだから。去れ！

……えッ？　いま小柳ルミ子がどうしたとかいったかい？　なに！　二万円だっ

て。安いなこの野郎。おまえまたそんなことといって、身ぐるみ剝《は》がそうってんだろ。だましたら承知しないよ。副組合長を裏切ったりしたら国がほうっておかないんだから。俺《おれ》のバックには国会議員の政治家だっていっぱいついてるんだからな。俺の一言でおまえなんかひとたまりもないよ。いいな俺だけには嘘《うそ》つくな。で、いるのかい、女の子は？

いや、だからきょうは、一応農協の代表として視察できてるんだから。こんどの慰安会は浅草でやろうかどうしようかってな。うちの若いもんがおまえみたいなあやしいポン引きにだまされてひどい目にあっちゃいけないってんで、そのためにいろいろ情報も知っとかなきゃいけないからな。で、ほんとにいるのかい、大二枚で小柳ルミ子ってのが」

と、口ではなんだかんだといいながらも、結局は、女を探し求めている春日部農協のおやじなのだ。こうしてポン引きとの掛け合いが始まっていく。

「エロ写真？　馬鹿野郎、まただまそうったって、そうはいかねえぞ。こないだなんか、裸の絡《から》みの写真だからって買ってみたら相撲取りじゃねぇかよ。もうその手にはのらねぇからな。

なに？　シロクロがあるって？　白人と黒人のシロクロ？　馬鹿野郎、また春日部ナメてるな。違う？　シロシロだって？　なんだよシロシロってのは。レスビアンだってか？　ヘ、、、コマン同士でやってる写真を見てどうすんだっての。

シロワン、クロワン、ワンワンで、女と犬に男と犬、犬と犬の絡みだって？　馬鹿野郎、犬と犬なんて、春日部帰りゃまいんちその辺でやってるっての。この年齢《とし》んなって犬がやってるのなんかわざわざ金払って見るかっての。小柳ルミ子はどうしたんだよ、女は。なに、いますって。早く出せよそれを」

女はくるが、結局はポン引きにうまいことだまされて、鞄《かばん》も時計も身ぐるみ剥がされてしまうというオチで終わるのだったが。

このコントもオイラが好きなのは、「俺はそんな男じゃない。見そこなうんじゃないよ」と表づらは紳士を装いながらも、実はスケベをしたくてしょうがないといったおやじの描き方が、切羽詰まっていてたまらなく面白かったからだ。

深見の師匠が春日部のおやじを演じると、本当に浅草の六区のあたりを歩いていそうな、リアリティのあるおやじにできあがっていた。相手がしゃべりもしないのに、ついこっちから女の話題を切り出してしまうという、スケベ男の心の揺れ動きが人間くさく、オイラは好きだった。

『中気』というコントにしてもそうで、やはり春日部農協と称するおやじが、身を売ることを商売にしている女についていったら、なんと彼女の家には中気の爺《じい》さんが待っており、その爺さんの見ている目の前で女とやらなくちゃならない羽目に陥るという話だった。

しかも農協のおやじは、

「俺はスケベで娘さんとこんなことやるんじゃないんだよ。あんたがた親娘《おやこ》の生活のためを思って、あくまでボランティアの精神でやるんだからな」

などと、自分のスケベさを取り繕うために、あれこれいいわけがましい屁理屈《へりくつ》を並べ立てるところが傑作だった。そして、この話も結局中気の爺さんによって、女とのセックスもメチャクチャにされてしまうというのがオチになっていた。

『泥棒のコント』は、新婚夫婦が宿泊した旅館に泥棒が入り、新婚夫婦が初夜を迎えるそのセックス場面に絡んで、夫婦たちの所持品を盗み出そうという下ネタの芝居だった。

このコントの特徴は主役が新婚夫婦ではなく泥棒にあった。泥棒にスポットを当てて演じさせるというのがミソだった。新婚の寝屋は真っ暗闇《くらやみ》。明かりは泥棒一人だけに当てられ、夫婦の寝屋の声のやりとりだけで泥棒がひょうきんな芝居を演じるのがポイントで、この芝居の難しさは、夫婦の初夜の場面の会話をタイミングよく拾い、パントマイムだけで泥棒がその場面の滑稽《こっけい》さを客に観《み》せるところにあった。

深見の師匠に感心させられたのは、泥棒の役つくりと化粧の仕方だった。泥棒というとつい口のまわりを真っ黒に塗ったくり、頬《ほ》っ被《かぶ》りをしていかにも泥棒といった恰《かっ》好《こう》をしてしまうのだが、師匠の泥棒は、ジャンパーをさっと羽織っただけの、見たところは普通のサラリーマン風の男なのである。そんな恰好でも舞台にパッと立っただけで、もう泥棒に見えてしまうのだから不思議だった。顔も目と鼻の頭をちょいと黒くするだけで、大袈裟《おおげさ》な化粧など一つもなかった。

師匠が演《や》る『乞食のコント』の乞食にしても、ちっともみすぼらしくも汚なくもなく、お碗《わん》を手に、ゴザを引きずりいざって出てくる姿は、乞食のくせにどこか堂々としていて、眼《め》を見張るものがあった。

実際、師匠の乞食が舞台に登場すると、客席から投げ銭が飛んでくるのだから、これには出番を待ちながら見ているオイラも何度か驚かされた。

この芝居で深見の師匠と絡むオイラの役は、きまって乞食をいじめる憎たらしいサラリーマンの役だった。オイラがあんまり乞食をいじめこき下ろすので、ついには客席のお客までが怒り出すという一幕もよくあった。

そのくらいの強烈な突っ込みをしなければ、偉そうで堂々としている師匠の乞食にとうてい勝つことはできなかった。

通称『ジンタ』と呼ばれる『巡査と万引き兄弟のコント』。チャンバラの『立ち回りのコント』などなど。師匠は持っている芝居ネタのすべてを、惜しみなくオイラに教えてくれた。

師匠の芝居に対する姿勢というのがまた尋常じゃなかった。師匠は客を怒鳴りつけながらでも平気で舞台をやってしまうのだ。それが深見千三郎流のやり方だった。

ストリップ劇場に酔っ払いのお客が入ってきたりすると、幕合いのコントの時間に必ず騒ぎだす客が出た。そういう時の深見千三郎は、芝居をしながらでもかまわずお客を怒鳴り散らすのだ。

「うるせえんだよ、おまえは。誰かつまみ出せ！」

舞台の上から客に喧嘩《けんか》を吹っかけるので、芸人は客に媚《こ》びるものとばかり思っている客たちは呆気《あっけ》にとられてポカンとなった。そして余りの迫力に客席がシュンとしているところでまた芝居にもどっていき、それでまたしっかりと笑いをとるのだ。

とてもじゃないが、舞台の上から客を怒鳴りながら芝居をするなんてことは、さすがのオイラにも真似《まね》できる芸当じゃなかった。

不思議なのは、それでもお客は芝居が面白ければ笑ってくれるということだった。

なかには、

「わかったよ、静かにしてるからコントのつづきを見せてくれよ」

なんて謝るお客もいたりしておかしかった。客席を白けさせておいて、芝居のなかではしっかり笑わすという深見千三郎の芸の迫力は、ちょっとやそっとではできそうもない芸だった。

「笑われてやるんじゃなくて、笑わしてやるんだ」という深見千三郎の芸人としての生きザマは、オイラの生理と感性に合っていて大いに感化された。

師匠の突っ込みボケの芸風。自分で突っ込んでおいて、相手が受けられなければ自分でボケてしまうという芸風。舞台のすべてを自分一人で仕切って譲らない、師匠の独壇場の芸が好きだった。

オイラが芝居のネタをひとつひとつ覚えていくにつれ、師匠にいつもいわれたのが、

「タケは物覚えは早いが、芸に対して少し気負いがすぎるぜ」

という言葉だった。そのころのオイラはそれだけ舞台に夢中になっていたのだ。

第七章　いのうえという作家志望のやつが入ってきた

年の暮れも押しせまってきたある日、師匠の楽屋に呼ばれた。

「タケ、おめぇ、アパートに住む気ねぇか」

「どっかにあるんですか」

「俺《おれ》のいる腐れアパートの第二松倉荘だ。二階がひと部屋空いているから、俺が社長にそういって借りてやるよ」

「師匠、借りるったって」

「金だろう。だから、敷金は俺が立て替えてやるっての。月賦《げっぷ》で返してくれればいいよ」

「はい、そういうことならなんとか」

こうしてオイラは、フランス座の楽屋生活から脱出して、いっちょまえにアパート暮らしをすることになった。

ところが、この第二松倉荘というアパートがまたくせものだった。第二松倉荘は浅草三丁目の、言問《こととい》通りから千束《せんぞく》通りにちょっと入った、富士銀行の裏手にあった。

町の一郭には、象潟《きさかた》という浅草きっての花柳界があり、「何々家」と表札の出た料亭や芸者置屋が路地の角かどに何軒も並んでいた。昼日中から芸者衆たちが稽古《けいこ》するらしい三味線の音色や、小唄《こうた》をうなる色っぽい声が聴こえ、夕暮れともなると置屋から見番へと出かけて行く島田姿の芸妓たちが何人も見られた。

そういったまわりの環境にくらべたら、同じ花柳界の町内にあっても第二松倉荘はとんでもないくらいに世界が違っていた。それはもうあつらえたような、オイラの浅草での生活にはぴったりのアパートだった。

師匠の話では、第二松倉荘は浅草フランス座を経営している東洋興業社長の松倉宇七さんが建てたもので、もとは東洋興業の社員や浅草フランス座の従業員、踊り子さん、それにコメディアンまで収容する社員寮として使われていたのだそうだ。

それが、六区の興行街が衰退して、東洋興業の社員や劇場の従業員も次第に減り、踊り子たちもてんでに独立して生活するようになって、寮に住む人間も移り変わり、今では興行の世界の人たちよりも、一般の堅気の住人のほうが多くなっていた。実際十五世帯あるアパートの住人のなかで六区の興行街に関係ある仕事をしているのは、新参者のオイラと、深見の師匠夫婦と、踊り子のアン西山さんだけだった。

しかし、それにしてもひどいアパートだった。確かに見た目はモルタル四階建てのビルで、一階にはなまいきに駐車場なんてのもあり、形は立派な構えだったが、建物の中は壁も階段も朽ちて剝《は》げ落ち、通路も薄暗く、刑務所みたいなアパートだった。

オイラにあてがわれた部屋は、玄関から二階への階段を上がったすぐの、管理人室のとなりの三畳間だった。びっくりしたことにオイラの部屋には鍵《かぎ》が付いてなかったのだ。仕方なくオイラは、番号合わせになっている錠前を自分で買ってきて、出入口の引き戸につけなければならなかった。なんのこたない、これじゃあまるっきり倉庫じゃないか。番号合せ式の鍵は、酔っ払って帰ってきたときに難儀して困った。番号が合うまでに五分も十分もかかるのだからまいるのだ。

上がりがまちにもうしわけ程度の台所が付き、奥には陽《ひ》のまったく当たらない小さな窓が一つあるだけだった。これで家賃が六千円也。ガス、水道代を入れても部屋代は一月《ひとつき》九千円だった。この家賃が高いものなのか安いものなのか見当がつかなかった。場所柄としては、一応は花柳界も控えた町内である。ここからなら、ひさご通りを抜けて六区の興行街まで五分もあれば行ける。浅草でも一等地といえる場所だ。

師匠からもらった煎餅蒲団《せんべいぶとん》が一組あるだけで、机もなけりゃ何もない第二松倉荘でのオイラの貧乏生活がこうして始まった。

そんなときである。いのうえという作家志望の若いやつがフランス座に入ってきた。そいつは井上ひさしがフランス座の文芸部にいたころのことを書いた『モッキンポット師の後始末』という本を読んで、井上ひさしに憧《あこが》れてフランス座に入ってきたというやつだった。一応どっかの大学の文学部を出ているという話をきいて、オイラはちょっぴり身構えた。中退ではあるけど、こうみえてもオイラだってちょっと前までは一応、明治大学の工学部の学生だったのだ。

だが、照明・効果係の裏方の仕事に付いたいのうえを見学に行って安心した。見るからに末成《うらな》りの坊っちゃんという顔をしていて弱々しく、黒縁の眼鏡をかけた学生まんまを抜け出ていない顔だった。

「オレ、進行の北野。みんなはタケって呼んでるけど」

「あ、いのうえです。よろしくお願いします。ボクも進行をやりたかったんですけど、いっぱいだっていわれて照明にまわされたんです」

「そっち、なんか書きたいんで入ったんだって」

「はい」

「オレにも書いてくんないかな、コント」

牽制《けんせい》を一発入れたりしてみる。

「いえ、コントは一度も書いたことがないんです」

「じゃあ、何を書きたいんだい」

「まだ、決めてないんです。ここでいろいろ勉強しようと思いまして」

毒も屁《へ》もない、世間知らずのただの生真面目《きまじめ》な男というかんじで、身構えていたオレは少々腰くだけだった。

「今夜、劇場がハネたら、一杯やんないかい。あとで、楽屋にきなよ」

しばらくして効果室のレコードの整理を終えたいのうえが、キョロキョロしながら楽屋にやってきた。楽屋に下りてくるのはこれが初めてらしかった。オレは、六区の朝鮮人街にある『つくし』という焼き肉屋から、ビールを二本とナムルに野菜いためを出前を取って、いのうえにご馳走《ちそう》してやった。他人に食い物をおごってやるなんてのは、オイラがフランス座に入ってこれが初めてのことだった。いのうえは眼鏡の奥の瞳《ひとみ》を細めながら、オイラの注《つ》いだビールをうまそうに飲み干した。素直で、気取ってなくて、こいつとはなんとなく気が合いそうだった。

「どっか飲みに出ようか。オイラの知ってる店が観音様の裏にあんだよ。行ってみるかい。なんなら今日はオレんちに泊まっていってもいいんだぜ」

オレは、いのうえを言問通りの浅草寺病院の斜向《はすむ》かいにある『さくま』というチュウハイ屋にさそった。暖簾《のれん》をくぐってガラス戸を開けると、カウンターの中で大きな煮込み鍋《なべ》がグツグツといっている、ただそれだけの一杯飲み屋だった。

この店に最初にきたのは、オイラのファンだというじいさんに連れてきてもらったときだった。そのころには、オイラにもコント好きのファンというお客さんが何人かついていた。ファンといっても浅草に住んでいるどこかの演芸好きな隠居じいさんだったり、昔から浅草が好きで通ってきているという、暇な年寄りだったりした。それでも、ひいきのファンにご馳走になるというのは気分の悪いものではなかった。芸人はファンがついて一人前なら、オイラも芸人のはしくれくらいにはなっていた。

「この煮込みとチュウハイ、うまいすね」

初めてなんだろう、いのうえが珍しそうにチュウハイの泡《あわ》に眼《め》を輝かせながら、グラスの中のレモンの輪切りをつまんでしゃぶったりしている。

「あんたは何回かきたことがあるから知ってるけど、こっちのお兄さんは初めてだね。なんかインテリっぽくて真面目そうだけど、二人とも同じ仕事なんかい」

見るからに下町の姐《ねえ》さんタイプという『さくま』の女将《おかみ》が、江戸っ子のなまりの強い口調できいてくる。

「あ、こっちは一応、大学出だからね。生意気なんだ。オレも途中までは行ったんだけどな。高校時代はオイラだって成績優秀だったんだぜ」

「へー、そうは見えないけどね。二人とも若いけど、なんの仕事してんのか、見ただけじゃわかんないわね」

「あっ、オイラは役者志望。まだ浅草フランス座で修業中だけどね。こっちは作家志望。井上ひさしに憧れて劇場なんかに入ってきやがんの。いのうえも何考えていやがんだか。今の浅草なんて55号の欽《きん》ちゃんはとっくに出て行っちゃっていないし、デン助だってこないだ解散しちゃうし、六区の通りはあのとおりガラガラだしで見るものなんかなにもないのによ。オレたちゃほんとに『遅れて来た青年』なんだからまったく」

「ハハハハ、ボクも気がついたら浅草にきてて、気がついたら浅草フランス座に入ったって感じでね。でも浅草ってとこは石川啄木《たくぼく》に永井荷風から、高見順、坂口安吾、川端康成、久保田万太郎と、いろんな文豪がからんでますよ。やっぱり将来大物の作家になるには一度は浅草で生活してみなくっちゃ駄目《だめ》ですよ。六区だって見なさい、明治、大正、昭和とエノケン、ロッパの時代からあれだけの芸人が出ていて、あそこの劇場街の通りには、浅草で活躍して死んでいった喜劇役者たちの亡霊がウヨウヨ飛びかってますよ」

「なにをいってやがんだい。どっかできいてきたようなこといいやがってさ。まー、飲めや、いのうえよ。オレのおごりだよ、今日は」

「ハイ、遠慮なく、いただきます」

もらったばかりの給料を全部遣っちまっても惜しくないくらい、オイラは久しぶりに嬉《うれ》しい気分だった。ここにきてようやくオレと気持ちを同じくする仲間に巡り会えた思いだった。そんなオレたちの意気に感じたのか、『さくま』の女将も出世払いよなんていいながら、オイラたちがふだんじゃとても食えないような上等の鯨の尾の身やら、子持昆布《こもちこんぶ》やら刺身やら、出せる料理をめいっぱい出してご馳走してくれた。

女将のおごりでチュウハイもいやというほど飲み、オレといのうえはフラフラになって『さくま』の店を出た。隅田川から吹きつける風は冷たかったが、しかし酔ったオレたちには心地よかった。

「いのうえ、ちょっと観音様に寄ってくからついてきな」

「酔の参拝ですか、風情《ふぜい》がありますね。行きましょ、行きましょ」

言問《こととい》通りを渡り、裏口から観音様の境内に入って行く。夜更《よふ》けて誰もいない境内は、ぼんやりとした照明灯だけがひっそりと立って、妙に寂しいものだった。

「いのうえ、拝むぞ。オレは絶対に売れる芸人になれるように。いのうえは井上ひさしになれるようにか!?」

「なーに、いってんですか、タケさんは」

「タケでいいよ。どうかフランス座にもっとお客が入って師匠が喜びますように。深見千三郎を超えるような芸人になれますように」

観音様の横にある淡島天神から大黒天。弁財天に六角堂。出世地蔵に子育地蔵と、酔った勢いであたりかまわず片っ端から拝んで歩いてまわった。

翌日から、オイラといのうえの二人三脚の生活が始まった。

オイラは自分のコントの舞台がすむと照明室まで上がっていき、必ずいのうえの感想をきいた。初めて見るやつを笑わせるのには自信があったが、だけど本物の芸人てのは何度見ても笑いを取れなくちゃ一丁前じゃない。そのためには毎日オイラのコントを見ているいのうえの反応がいいバロメーターだった。当たり前のことだが、ダレた舞台をやればすぐにバレてしまう。毎日同じネタをやっているのにウケるときとウケないときがある。

二十分のコントが、ウケるときには一時間にも延びたり、ウケないときにはグスともフンともなしに十五分で終わってしまったり。このテンションの差はなんなのか、その日その日の舞台の怖さといったらなかった。不安になると、オレはとりあえずいのうえのところにききにいった。きくたんびにいのうえは、ウケない原因をお客の頭の悪さのせいにし、オイラはますます不安になった。

いのうえが入ってきてから、オイラは振り付けのおさらいをする踊り子といっしょに、毎晩コントの稽古を始めた。劇場がかぶったあとの夜の九時半から十一時までがオイラたちの稽古の時間だった。深見の師匠に教わった新ネタを稽古し、タップの学校で習ってきたステップをおさらいした。そのあいだ、いのうえは客席に座ってオイラの稽古をじっとながめていた。

おさらいがすむと、待っていたいのうえをさそって松倉荘の近くの『曙湯《あけぼのゆ》』という銭湯に行く。風呂《ふろ》のあとはきまって『さくま』でチュウハイだった。ウケなかった芝居の話を酒の肴《さかな》に、オレたちは一杯百円のチュウハイと牛の煮込みでまたベロベロに酔った。

そんな生活を送ってるうちに、ついにいのうえも師匠の世話でオイラたちの第二松倉荘に引っ越してきた。あとからきたくせに、いのうえの部屋はオイラより上の三階の、ちゃんと鍵も付いている部屋だった。その上の四階の二部屋ぶち抜いた部屋が師匠夫婦の住居だった。

いのうえが引っ越してきて、ますますオレたちはつるんで出かけることが多くなった。稽古を終えては『曙湯』に行き、『さくま』によってはへべれけになり、芝居の話をしては朝になるという毎日が続いた。

そのいのうえが、いやに踊り子にモテるなと気がついたのは、いのうえが劇場に入って何ヵ月もしないうちだった。

なにかにつけていのうえさん、いのうえさんと、たかが照明係のいのうえのことを踊り子がさん付けで呼びやがるのだ。なんでオイラがただの「タケー!」で、いくら大学出だからといって、いのうえがさんなんだよ。志の川の姐さんでさえも、いのうえには一目置いているのだ。三人姉妹で踊り子をやっている浅吹リカ、浅吹じゅん、浅吹マイのいちばん下の、まだ十八歳になったばかりだというマイなどは、いのうえのお兄さんお兄さんと、まるで恋人のような慕い方で、いのうえのいる照明室に年がら年中入り浸りでなついてしょうがなかった。

自分たちにこれといった学歴がない踊り子にとって、ちょっとでも頭の良さそうな男を見ると、すぐに憧れが芽生えてしまうのだ。丁度、女子高生が新卒のバリバリの若い体育教師に憧れるのと心理は一緒だった。要は自分たちとはかけはなれてちがった育ち方をした人間が物珍しく、踊り子の乙女心をくすぐって相手にしてくれればいいだけなのだ。見ているうちにバカバカしくなって、オイラもだんだん腹が立ってきていた。

そんなとき、いのうえのやつが急病になった。ある日の夜中である。オイラは部屋のドアをどんどこ叩《たた》く音で起こされた。ここんところ風邪気味で調子が悪いというので、いのうえとは『さくま』へ飲みに行ってはいなかった。ドアを開けると、いのうえが胸を押えてヒュウ、ヒュウと、息も絶え絶えに悶《もだ》えながら、苦しそうにうずくまっていた。

「タ、タケ。ちょっと頼む」

「なんだ!? どうしたんだ。心臓か?」

「ち、ちがう。ゼンソクだ。ゼンソクの発作だ。どこでもいいから、近くの医者に連れてってくれ、頼む」

「救急車呼ぶか」

「いい、タクシーでいいから、早くなんとか、頼む」

オレはアルコールの醒《さ》めない眠い眼を擦《こす》りながら外へ飛び出すと、千束通りでタクシーを拾い、第二松倉荘の前まで持ってきた。いのうえを乗せると、とりあえず浅草寺病院へと運んだ。そのあいだも、いのうえはもう一歩も歩けないといった状態で、ヒュウヒュウ、ヒュウヒュウヒュウと大きく肩で息をしながら喉《のど》を鳴らしっぱなしだった。

「あのう、すいませーん。病人なんですけど」

深夜の、玄関の明かりだけが煌々《こうこう》とついているガランとした病院の窓口に声をかけてみるが、シーンと静まりかえって返事がない。

「いのうえ、誰もいないみたいだぞ」

オレは病院というのが大嫌《だいきら》いだった。だって、生まれてこのかた病気らしい病気といったら虫歯か水虫になるくらいで、風邪ひとつひいたことがないのだから。病院のクレゾールの消毒液の臭《にお》いをかぐだけで、もう閉口だった。もう一度奥に向って声をかけてみたが、応答はなかった。

「やっぱり駄目みたいだぞ。こんなに夜遅くじゃ、先生も寝てしまってて、出てこないんじゃないか。明日にしようぜ」

うしろでヒュウ、ヒュウとノドを鳴らせてうずくまってるいのうえを尻目《しりめ》に、オレはこいつを置いて逃げ出したい気持になっていた。

「バ、バカ（ヒュウ）。ここは病院だぞ（ヒュウ）。誰かいるはずだ（ヒュウ）。もっと大きな声で（ヒュウ）、マジメに呼んでみろ（ヒュウ）」

頼りないオイラを見て、いのうえが発作をこらえながら、怒ってにらみつけている。仕方なく、もう一度大声で怒鳴ってみた。しばらくして、奥のほうで看護婦の声がして、サンダルをピタピタといわせながら出てきた。

「どうしました」

「こ、この人が病気なんです。さっきから医者を呼べってうるさいんですよね」

「どこが、悪いの？」

「ゼンソクの発作だっていうんです。いや、大したことはないんですけどね」

「まあ」

小太りの看護婦はちょっと慌《あわ》てた様子を見せ、ふたたび奥へととって返していった。

「たいしたこと、なくないぞ（ヒュウ）。ゼンソクの発作だぞタケ。苦しいんだぞ（ヒュウ）」

いのうえが、投げやりに看護婦と話すオイラを見て、恨めしそうにヒュウヒュウ音をさせながらそういった。

ドカドカといやに大きな音を立ててようやっと医者が現われた。若い大柄《おおがら》な医者だった。

「なに!?　ゼンソクの発作だって？」

「はい、こいつがです。いや、大したことはないんですよ」

「うん、だいぶ苦しそうだな。いま、注射をうってやるから、こっちへ入れなさい」

オイラが腕を取って親切に診察室まで運んでやろうとすると、いのうえはその手を振り切って一人で入っていった。相当怒っているらしい。

診察室に入ったまま、しばらくいのうえは出てこなかった。よっぽどこのまま帰ってやろうかともおもったが、あとでタケは冷たいやつだとか、ろくでなしだとか、とやかくいわれるのが嫌《いや》で、我慢して待合室で待つことにした。

それにしても癪《しゃく》にさわるのは、いのうえが劇場《こや》に入ってきてからというもの、オイラの踊り子人気がいま一つ落ちていることだった。

志の川の姐さんも相変わらずオイラにいろんな食べ物をご馳走してくれてはいたが、最近はなにかというと「これ、いのうえさんと一緒に食べてね」ばっかりだった。浅吹マイときたひにゃ、オレの顔を見れば「いのうえのお兄さん、いま照明室に入ってるかな」とか、「いのうえのお兄さんの次の休憩時間は、何時かな」などと、いちいちうるさいのだ。そんなことオレの知ったことかってんだ。自分でいって確めたらいいじゃねぇかよ。まったく、どいつもこいつも、いのうえ、いのうえって。

ひょろっとして、末成《うらな》りの胡瓜《きゅうり》みてぇなあいつのどこがそんなにいいんだい。

診察室からいのうえが出てきた。あれ、なんだよ、ニコニコ笑いながらこっちにきやがるじゃねぇかよ。

「タケ、夜中に、悪かったな。もういいよ、元気になったから」

「元気って、おまえ発作は？」

「うん、だから、注射うったからさ。注射うちゃ、だいたい発作は止まるんだよ。もういいよ心配しなくて。歩いても帰れるからさ。あー、腹へったな、ラーメンでも食って帰ろうか。おごるぜ」

なにがおごるぜだ、コノヤロー。ヒヨコ、ヒヨコ、ヒヨコ、ヒヨコと帰りのいのうえは足取りも軽く、スキップをしながら松倉荘まで帰るほどだった。

次の日、まだ軽い発作が治まってないらしく、いのうえは劇場を休んだ。さあ、それからが大変だった。

いのうえが病気で倒れたというので、踊り子たちは急に色めき立った。途端にみんな白衣の天使のような顔になって、あたしが看病に行く、あたしが見舞いに行くと口々にいいだしたのだ。

昼の休憩時間。志の川の姐さんをはじめ、出番のない踊り子たちが総勢で松倉荘のいのうえの部屋にワッと押し掛けた。あんまり口惜《くや》しいので、オイラもノコノコとついて行くことにした。

するとどうだろう。腹が立つやら羨《うらや》ましいやら、見舞いだ見舞いだといっては、うれしそうに重箱の弁当をとりだす踊り子。果物のメロンや葡萄《ぶどう》を出す子。サンドイッチやアイスクリームを持ってくる子。ゼンソクにはトウガラシの湿布がいいと、わざわざ湿布薬まで作ってくる子。

いのうえは寝台の上に横になったまま、昨晩のように喉をヒュウ、ヒュウいわせながらいちいちお礼をいって応《こた》えている。踊り子たちのドーラン化粧の匂《にお》いと、全身にまきちらした香水の香りとで、三畳間のせまいいのうえの部屋の酸素がたちまち希薄になっていく。あえぎながら礼をいういのうえの顔が酸欠のためにだんだん青ざめていくのがわかった。

「はい、そこまで、そこまで。姐さん方のお見舞いもいいかげんにしてやんないと、いのうえを殺すことになっちゃうぜ」

見るに見かねたオイラが、途中でドクターストップに入るはめになった。

「あら、そうね。あたしたちがいると、コーフンして、よけい具合が悪くなっちゃうといけないわよね。そろそろ出番の時間だし、劇場にもどりましょうか」

志の川の姐さんがいって、ようやくみんな腰を上げた。

「いのうえさん、早く元気になってね。マイはいま出番だから連れてこれなかったけど、帰ったらよろしく伝えとくからね。早く劇場に出てこなきゃ駄目よ。出てきたら、福の家でまたいっしょにけとばしとふぐ鍋を食べましょうね。じゃあ、ね」

マイのいちばん上の姉さんの浅吹リカが、そういって高価《たか》そうな毛皮のコートを羽織りなおした。コートの裾《すそ》から、リカさんのディオールかなにかの香水の匂いがあたりにプーンと漂った。レミにケイ、メリー八木さんまでがきている。まったく、なんというもの好きな女たちなんだろうか。オレはあきれかえって、おもわず屁《へ》が出そうになった。

踊り子たちが帰ったあと、いのうえの枕元《まくらもと》には山のような見舞いの品々が積まれて残った。

「おまえ、こんなに弁当を食えるのか」

「ううん」

いのうえが頭をふっている。

「そうだろうな。この高そうなメロンは？　そうだろうな、これも無理だよな。その苦しさじゃ、水を飲むのもやっとだろうしな。水持ってきてやるから、おまえは水を飲んでな。かわりにオレが全部食べてやるから心配すんな。冷蔵庫もないんだし、いたまないうちに早く食べちまったほうがいいぞ」

いのうえが「ええ!?」という顔をしてオイラを見上げている。かまうこっちゃない、腐らせて捨てちゃうよりはいいじゃねぇか。オレはやつの視線を無視して、目の前に高く積まれた弁当からサンドイッチ、アイスクリームからメロンまでと、もう焼け糞《くそ》のように片っぱしから食いまくってやった。いのうえが呆然《ぼうぜん》とした顔で見ている。

リカさんが持ってきた弁当の風呂敷包みをしまおうとしたときだった。風呂敷包みの底から白い封筒のようなものが、ハラッとオレの足元に落ちた。なんだ、なんだ。封筒の中をのぞいて見てみると、驚くなかれ、なんと一万円札が入っているではないか。

「いのうえ、すげえぞ。一万円だぞ。これで飲みに行って元気をつけろってんだな、きっと。な、今夜『さくま』へ飲みに行こうぜ。一万円もあったら、チュウハイが死ぬほど飲めるぜ。あ、そっかあ、その身体《からだ》じゃあ無理だよな。よし、オレが代わりに行ってきてやるよ。一万円はとりあえずオレに預けときな。じゃあ、ゆっくり休めよ。ご馳走《ちそう》さん。みんなにはオレからよろしく礼をいっとくからさ。なんかあったら劇場に電話しろよ。じゃあな」

いってるあいだ、いのうえはアヘアヘ、ヒュウヒュウと口をパクパクいわせているだけで、ほとんど言葉の出ない寝たきりの爺《じい》さんと同じだった。ハハハ、ザマーミロってんだ。オレは腹を抱えて声高らかに笑いたかった。

以来、いのうえのゼンソク病は踊り子からの見舞い金をくすねるのに充分役立った。金がなくなると、いのうえの病気を出汁《だし》にして踊り子からいくらかもらい、飲みに行った。ゼンソクが治った後もそんなこととはつゆ知らず、いのうえはオレのおごり酒をうまそうに飲んではオダをあげていた。

が、そんな詐欺《さぎ》もどきの手が、海千山千のしたたかな踊り子たちにいつまでも通じるわけがなかった。ある晩だった。ひさご通りをいのうえと二人で酔っ払って歩いているところを、とうとう浅吹の姐《ねえ》さんに見つかってしまったのだ。

「あらー、いのうえさん病気で休んでたんじゃないの？」

「病気!?　いや、こうして元気ですよ。いつぞやはありがとうございました」

何も知らないいのうえが、酔った舌をもつれさせながら、大声で元気よく挨拶《あいさつ》している。

「タケちゃん、どうなってるの。きのうアタシんところから、五千円持っていったでしょ」

ヤバイ！　いのうえ、この野郎、いまここで発作起こせ、ゼンソクの発作だよ。

「あのお金返しなさいよ。でないと、深見の師匠にいいつけるわよ！」

「ワァー、それだけはご勘弁を。給料もらったらすぐ返しますから」

「きっとだわよー。嘘《うそ》ついたら、許さないから」

「ハイ、きっと返します。必ず」

「ええ？　なんのことといってんだい。タケ、おまえまた踊り子さんから借金したのか。駄目《だめ》だよお金借りて飲んだりしてちゃあ。師匠に知れたらクビになるぜ」

何も知らないお人好《ひとよ》しのバカのいのうえが、状況もわからずにまぬけな会話を返してきやがる。

「うるせぇ、バカヤロ。いのうえは黙ってろ」

「タケちゃん、約束だからね」

「はいッ！　ぜったいです。ひとつ、師匠にはご内密に」

汗をびっちょりとかいた寒い冬の晩のできごとだった。そして、浅吹さんをだまして借りたお金も、結局は返さずじまいでうやむやになった。

オレたち若いコメディアンにたいして、踊り子はいつも寛大だった。

第八章　深見師匠の芸人ダンディズムが気に入った

　オレといのうえが毎晩のようにつるんで飲みに出かけるので、どうしたわけか、夜になると深見の師匠がオイラたちを誘って飲みに連れて行ってくれるようになった。師匠にいわせると、オレたちがどこでどんな失態をやらかすか心配だというのだ。だから、親がわりとして監督のためについて行ってやるのだと言いはった。

　ほんとかどうか。本当のところは、なんだかんだいっても深見の師匠も寂しいのだ。できれば飲み友だちが欲しいのだ。

　師匠はオレたちよりひと足早く劇場《こや》を上がると、せっせと先に帰ってしまう。そして、オレたちが舞台の稽古《けいこ》を終わり、松倉荘に帰ってくるのを待ちかまえていたかのように、ぴたっと同じ時間に誘いにきた。

「タケーッ！　風呂《ふろ》いくぞー！」

アパートの玄関で師匠の呼ぶ声が聞こえる。オレといのうえがタオルと石鹸《せっけん》を持ってのこのこと出て行くと、師匠は着流しに雪駄《せった》履き姿で、手にはでかい洗面器を抱えるようにしてオイラたちのことを待っていた。これじゃあまるで近所の小学生のお友だちだった。

「師匠、お疲れさんでした」

「お疲れじゃないんだよ、もっと早く帰ってくるんだよ、おめぇたちは」

「おめぇたちはって。師匠、これでもオイラたち真面目《まじめ》に稽古してきたんですから」

「なにが稽古だっての、十年早いってんだよ。ほら、風呂入ったら行くぞ行くぞ」

「いくって、どこへですか？」

「バカ野郎、とぼけやがって。おまえら毎晩飲みに行ってやがんじゃねぇかよ。こっちはちゃんとに情報を集めて、リサーチの調査をしてあるんだから。きょうは俺《おれ》が連れてってやるよ」

「師匠がですか？　大丈夫だろうな」

「なにが大丈夫なんだよ」

「いえ、それはありがたいんですけど。師匠、ところでさっきから気になってるんですが、なんですか、その頭は？」

「ぐふッ。うるせぇな。なんでもいいんだよ」

見ると、深見の師匠の頭から首の付け根にかけて黒い液体のような物が流れ出している。汗にしてはおかしいし、血にしては真っ黒すぎた。しばらくしてよく見ると、それが白髪染《しらがぞ》め用の染髪料だということがわかった。

現役をほとんど退いたとはいえ、やはり役者である。師匠はいつも自分の老いやオシャレに気を配るのを忘れなかった。銭湯でその頭をシャンプーすると、師匠の髪は三十代の黒々とした頭に蘇《よみがえ》った。

オシャレはそれだけじゃなかった。師匠の酒の飲み方がまた、ほとんど全編が気配りだらけで徹底していた。お供についているこっちのほうが、一時間も経《た》たないうちにくたくたになるくらいなのだ。

オレたちにはとても入れそうにない高そうな店に連れてってくれるのはいいのだが、どの店に入っても師匠はめいっぱい気を遣うので、オレたちも気が気ではなかった。店に入るなり、オイラたちには、

「ほら、早く飲めよ、早く食えよ」

の連発で、とにかくオレたちを急《せ》かしまくるのだからたまらなかった。どこへ行っても落ち着いて飲めた心地などしなかった。

六区にある『峠』という店に連れていってもらったときもそうだった。ここのお店は、浅草には珍しく上品で教養のあるママが開いている喫茶店で、夜はお酒も飲ませた。カウンターだけでこぢんまりとしているが、昔から浅草の芸人や作家、文化人と称する連中の溜《た》まり場みたいになっていた。深見の師匠もこの店の常連だった。

「あーら、師匠お久しぶり」

「なにいってんだい、昼間だってお茶飲みにきたぞ」

「でも、夜はおめずらしくてよ。あら、今夜はお供さんがいるの」

「ああ、俺の弟子だよ。ママ、こいつらに何か食わせてやってな」

「はい、はい、若い人たちはお腹《なか》はすいてるのかな」

「おまえら何頼むんだよ。頼むんなら早くしろよ、ママだっていろいろ忙しいんだから。腹減ってんのか？　だったら早く頼めよ。ほら」

「はい、わかってます」

メニューもまだ、見せてもらわないうちにこの有様なのだ。

「じゃあ、カキフライと、ハンバーグください」

「サラダは何がいいのかな」

と、日本橋生まれで銀座育ちだというママがきいてくる。と、すかさず師匠が、

「サラダなんかいいんだよ、そんなもの出さなくたって。なんでもいいんだから。悪いね余分なことさせちゃって。面倒じゃないかね」

「そんなことないわよ。つくるのはあたしじゃなくてコックさんなんだから。お酒は何にするの。ビールでいいのかな？」

「だから、こいつらにそんなことかなくたっていいっていってるの。なんでもいいんだから。なに飲むんだよ。なにィ!? ウイスキーの水割りだって？ 俺がビール飲んでんのにか。ったく、ま、いいや、好きなもの飲めや。ママ、悪いけどこいつらに水割り出してやってくんない。ほんとに最近の若いやつらは口がおごっちゃって生意気なんだからよ。悪いね、ママ」

師匠は最初から最後まで店に対して気の遣いっぱなしなのだ。どの店に入ってもそうだった。それでいて、どうだうまいか、うまいだろうなどとひとり満足しながら、オイラたちの食うのを見て喜んでいるところもあった。

そう、まえにも連れて行ってもらったことのある千束《せんぞく》通りの『徳寿司《ずし》』という寿司屋に入ったときもそうだった。店の大将に「師匠！」と呼ばれるのがよほど嬉《うれ》しいらしく、オレたちを連れていくと、つい見栄《みえ》張っていい恰好《かっこう》をしてしまうのだ。

着流しに雪駄履きで、染髪料で黒々とさせた頭にポマードをたっぷりと塗りたくり、懐手《ふところで》をしてツタツタ、ツタツタと六区やひさご通りを歩いて行く深見の師匠のその姿は、天下の深見が浅草を歩いていくといった、威風堂々とした趣きがあった。

なにしろ師匠は、中学生のときに美ち奴《やっこ》という、一時は歌手として一世を風靡《ふうび》したこともある浅草芸者のお姉さんを頼って樺太《からふと》から上京してきて以来、何十年と浅草の町から外の土地に出たことがないのだから。山手線の電車一つ乗ることさえできなかった。そのかわり浅草の町内はどこを歩いても「師匠！」「師匠！」の掛け声が飛びかい、地元のやくざも恐れるほどの「顔」だった。そのうしろを、貧乏まんまでまるで風采《ふうさい》の上がらないオイラと、末成《うらな》り瓢簞《ひょうたん》のように痩《や》せこけたいのうえがノコノコとついて行くのだから、オレたちはみすぼらしいかぎりだった。

師匠だけがどの店に入っても「師匠！」と大向こうから挨拶《あいさつ》がかかるのだから、いつもご機嫌《きげん》だった。それに風体はみすぼらしくても、近ごろはいつも二人のお供付きである。

寿司屋ではきまって鮪《まぐろ》のトロを三、四切れポンポンと切ってもらい、それを肴《さかな》にビールを飲み、あとは握りを二つ、三つ食べて終わりにするというのが習わしだった。

それがオレたちには、

「ほら、どんどん食うんだよ、おまえらは」

「だけど、いいんですか、こんなところでオレたちが寿司なんか食べちゃったりして」

「なにいってんだよ、いまさら遠慮なんかするんじゃねぇんだよ、バカ野郎が。なんでも好きな物頼めばいいじゃねぇか」

「じゃあ、せっかくですから。えーと、イカとタコにしようか、な、いのうえ」

「バカ、いつもいってんだろ、そんなセコイもん注文すんじゃないって。芸人はもっといいもの食べるんだよ」

「いいものったって、何食べていいのか。寿司屋なんか入ったことないもんですから」

「チェッ、本当にしょうがねぇな、おまえらは。おめぇ、鮪は食えるのか。じゃあ俺と同じもんにしろ。いいんだよ。いのうえはイクラでも握ってもらえ」

「そ、そんな高級な物。ボ、ボクたちは」

「バカ野郎、それがおまえらの勘違いだっていうんだよ。おまえらが俺よりへんなもん食っててみろ、俺がみっともないんだよ。俺はなタケ、いくら弟子を連れて歩いてるからって、ちょっと売り出し中のそのへんの師匠連中みたいに、弟子を外に待たせて自分だけ酒を飲んでたり、弟子にまずい物を食わせて、自分だけウマイ物を食うっていうそんな根性が大っ嫌《きら》いなんだよ。そんなのは田舎もんの乞食《こじき》野郎のすることでよ。飲むときゃ黙って一緒に飲めばいいんだよ」

どんなに馴染《なじ》みになっても店の人とは決して馴れ馴れしくせず、いつも一線を画して飲んでいる師匠だった。そして、当然のように見得を切ったぶん、支払いも余分に置いてくるのが常だった。客の入りが芳《かんば》しくなく、劇場の経営も楽じゃないはずなのに、師匠はおかまいなく身銭を切って遣いまくるのだ。オレたちは一緒にいても気が気ではなかった。

「バカ野郎。おまえらがいらねぇ心配するんじゃねぇんだよ。こっちゃ、ちゃんとに計算してやってるんだから」

「計算してるっていいますけどね。師匠のまえですけど、オレたち五千円も飲んでいないのになんで師匠は一万円も置いてきちゃうんですか。それで釣《つ》りも取ろうとしないんだから、もったいなくてしょうがないですよ。そんな突っ張ってばかりいたら、しまいにゃ破産しちゃいますよ」

「いいんだよ、バカ。芸人はそれでいいんだよ。突っ張っていくらなんだからよ」

と、あとへは絶対引かなかった。

「本当にもったいないよな、いのうえ。店に五千円もチップを置いてきちゃうんだからさ。そのぶんオイラたちに二千五百円ずつくれりゃあいいんだよ。今度からはご馳《ち》走《そう》してくれるぶん、オイラたちには現金でください」

「なにィ！」

着る物についても師匠はとくにうるさかった。金のなかったオイラは、冬はどんなに寒くても白のTシャツに黒の革ジャン。ジーンズにリーガルのスニーカーときまっていた。夏は革ジャンを脱ぐだけである。どこへ行くにもそのまんまの恰好で出かけ、酒を飲み、飯を食い、酔っ払っちゃそのまんまゴロッと横になり、起きては起きたまんまの恰好で劇場へ通った。雨が降ろうと何が起ころうとオイラのファッションは変わらなかった。

師匠はオイラのファッションについちゃ何もいわなかったが、しかしちょっとでもみすぼらしい汚ない恰好をするとたちまち怒られた。そのいいぐさが深見の師匠らしくておかしかった。

「タケ、おめぇな。いくら貧乏してるからって芸人の端くれなんだからな。芸人は食うもん食わなくたって着るもんには金をかけるものなんだよ。ええ、腹減ってんのは見えねぇけど、どんな服着てるかってのはすぐにわかるぜ」

「はい」

「とくに靴《くつ》だ。靴だけはいつも新しい物を履いておけよ。人は足元を見るっていってな、下足だけは金をはたいてでもいい物を買って履くんだよ。楽屋に脱いどいても、この靴誰の？　っていわれるようないいやつを履くんだよ。それが芸人だろうが。もっともいまの浅草にはタケが見習うような芸人なんか一人もいやしねぇけどよ」

残念ながら師匠のいう通りだった。六区の通りには松竹演芸場に出演《で》ている芸人がゴマンと往き来していたが、師匠のいうようにセンスがよくてモダンで、今風でオシャレな恰好をしている芸人は少なかった。

六区を行く漫才師やコメディアンたちは、どれも十数年前のファッションそのままという服を平気で着ていた。舞台では蝶《ちょう》ネクタイに安っぽいタキシードを着、舞台を降りればそのへんのあんちゃんとかわらないアロハシャツや、やたらに派手なジャンパーを着てみたり。エナメルギンギンの真っ白い靴を履いてはしゃいでみたりと勘違いもはなはだしく、ファッションの流行もへったくれもなかった。

ひどい芸人になるとロンドンブーツに裾《すそ》のおもいっきり広がったデニムのパンタロンをはき、これが一番ナウイといわんばかりに自信満々で歩いてるやつがいて、後ろから蹴飛ばしてやりたいくらい腹が立つやつらもいた。ただの田舎者の観光客がそのまま六区の通りを行くのと変わらないのだから。若い芸人のやつらでさえアイビー一つ着こなせるセンスもなく、本当に情けなく頭が痛くなる思いがたびたびした。

昔は、最先端のファッションを身につけたモボやモガなどと呼ばれた若い男女たちが闊歩《かっぽ》していた浅草なのに。歌にしても芝居にしても着る物にしても、浅草には娯楽から食べる物まであらゆる流行の先端のものがそろっていた。その流行を追いかけてモボモガたちは先を競って浅草にやってきていたはずだった。それがいまとなっては年寄りと田舎者しかこない、東京でも最も流行から立ち遅れ、取り残された街になっていたのだ。

いま、オイラの眼《め》の前を堂々と闊歩して歩いているのは乞食だけだ。その脇《わき》を浅草の芸人たちが申しわけなさそうに歩いている。そんな浅草芸人たちの端くれにオイラも入っているのかと思うと、寝込みたくなるくらいに気持ちがめげて仕方なかった。

それだから、いまだにダンディさを忘れずに昔のモボモガ時代のセンスをそのまま継いでいる深見の師匠だけがかろうじてオイラの救いだった。昼間楽屋にいるときでも、師匠はシャレっ気を忘れずに真っ赤なセーターを着たり、真っ赤な靴下をはいたりして、若い踊り子たちにひやかされながらも嬉しそうに楽屋をウロチョロしていた。出勤時は格子縞《こうしじま》のスーツで通している師匠が、いい年をこいても真っ赤なセーターを着て喫茶店などに入って行く姿は、昔ながらの浅草芸人の突っ張りがあって、オイラは好きだった。

「タケ、お茶飲みに行くぞ。くるか」

「はい。いったつもりで、そのぶん金ください」

「てめぇは、まだそういう乞食根性が抜けねぇのか。金が欲しいんだったらこんなとこにいねぇで、まともな仕事について働け。もういい、ついてくるな」

「いきますよ、師匠。せっかくのティータイムのお時間じゃありませんか。どこです？『ブロンデイ』、それとも『峠』、なに、飯までいいんですか？　おーい、みんな師匠のおごりで飯食いに行くぞー」

「バカ野郎、この野郎！　誰が飯まで食わせるっていった。誰がみんな連れて行くっていったんだよ。駄目《だめ》だ、中止だ。急に具合悪くなった。頭痛い。熱がある。死にそうだ。医者行ってこよう。おまえらこなくていいよ。バカ野郎、誰が連れて行くもんかっての」

　師匠はそのまま、プイッとどこかへ消えちゃうのだった。

第九章　師匠のバクチ好きには泣かされた

楽屋での深見千三郎てのがまた面白くてにぎやかだった。師匠は劇場《こや》にくると着替えをし、男部屋の一番奥の席に陣取って一日中テレビを見てるか、花札のバクチをやっているか、競馬の予想をしているかのどれかだった。ときたま気の向いたときにコントの舞台に出る以外は、楽屋にふんぞり返っていて何もしなかった。

そして、テレビの動物番組を見ちゃ、

「なあ、タケ、不思議だよな。こんな生物が同じ地球上に生きてるってこと自体が不思議なんだよなあ。なんでこの世に象なんてあんなでかい生き物がいるんだろうな。不思議だよなあ。あんなきれいな花なんてのが咲いていやがってよ。考えられるか、おめぇ」

動物好きの師匠はテレビを見ながら一人感心しているのである。それでいて司会者

がちょっとでも気にくわないことをいおうものなら、

「バカ野郎、この野郎。タケ、すぐテレビ局に電話しろ。こいつ駄目《だめ》だ、許せねぇ。こんな生意気なやつ、電話して番組から降ろさせろ。クビだ、こんな司会者は」

と、冗談とも本気ともつかない口調でテレビの画面に向かって怒鳴りまくるのだ。かと思うと、ミニスカートをはいた女の子でも登場しようものなら、すぐさまテレビの下にもぐり込んで、

「こらあ、見せろ。スカートのなか見せろってんだ。この女めチラッとでもパンツ見せてみろってんだよ。そこで踊れ。ほら、飛び跳ねてみろっての」

と、ただのスケベな爺《じい》さんになって、唖然《あぜん》として見ているオイラたちをバカウケさせるのだ。

師匠の楽屋での強烈なギャグは、左手の指のギャグだった。

師匠は左手の指の先を四本とも怪我《けが》でなくしていた。戦時中の軍需工場で働かされていたときにあやまって旋盤に指を引き込まれ、人指し指から小指まで第二関節から先の四本をすっかり切り取られてしまったのだという。その大ケガがもとで、戦後の師匠は第一線の舞台からだんだん遠ざかるようになっていった。左手のケガについてはそれ以上のことは話してくれようとはしなかった。

しかし、折りに触れて師匠はなくした自分の指をネタにギャグをやって見せるのだ。これはさすがに強烈だった。左手をパッと頭にかざしたかと思うと、

「指が頭に刺さっちゃった。アハハハハ」

などとやるのだ。

「おじさんがいまから手品をやります。はい、パックン!! あ、指食べちゃった」

踊り子の子供を相手に悪い冗談をやって笑ってみせるから凄《すご》かった。自分の不具を自らのネタにして笑ってしまうのだから凄《すさ》まじい笑いだった。

そのうちにオイラたちも指をネタにした師匠のギャグに次第に馴《な》れてきて、師匠をつかまえちゃ指のないほうの左手を使って牛乳を飲む真似《まね》をしてみたり、テーブルに両手をつきながらわざと左側にズッコケてみせたり、

「師匠泳ぎに行きましょうか。師匠がクロールをやると1コースから6コースまでずーっと左に横切っちゃいますね」

「バカ野郎。またそうやって身体障害者をバカにするつもりだな。こう見えたって泳ぎについちゃ誰にも負けねぇくらい速いんだぞ。ただ口惜《くや》しいのはいつもタッチの差で負けるんだ。左手でゴールしちゃうもんだからどうしてもタッチが遅れてな。この指の差が口惜しくて口惜しくて」

と、泣いて見せるのである。

「タケ、この指がありゃ俺《おれ》だって由利徹や佐山俊二なんかと一緒にテレビにでもなんでも出てたんだけどなあ。なにしろこの手じゃな。俺は野口英世じゃないんだから」

そういいながら舞台に出るときの師匠は、必ず左手に包帯を巻いて出るのがつねだった。そして、ほとんどお客に気付かれないくらいに師匠は包帯の手を隠すのがうまかった。

イタズラ好きで悪だったオレは、からかい半分に洗って干してあった師匠の包帯を巻いては怒鳴りつけられていた。怒りながらも師匠は指のない左手でギターコードを弾いて見せたり、ボンゴを叩《たた》いて見せたり。ハンディなど感じさせない強烈な芸をオイラたちは見せつけられた。

師匠は麻雀《マージャン》、囲碁、将棋、カード、花札とバクチといわれるものは何でもやれたが、オイラを相手にしてやるのは花札バクチが多かった。師匠とやる花札バクチがまた腹の立つことときわまりない、殺してやりたくなるようなバクチだった。金のないオイラを知っていながら、情け容赦なく小遣いをまきあげるのだ。

「タケ、コイだよ。コイッていってんだよ」

「チクショー。赤タンができていやがんのにまだ欲張りやがって。この強欲ジジイめが」

「何をブツブツいってんだい。一文十円の商いじゃないの。大した商売じゃなし、三光四光は持ってないのよ。ほら、どんどんきなさいっての」

この手で、何度師匠にだまされたことか。でも、コイコイの花札のルールでは相手にコイといわれれば行くしかないのだ。

「こっちはカス十枚で、一文狙《ねら》いで起こしてやる」

「おっとっとっと、起きない、起きない。ムハハハハ、じゃんねんじゃな北野殿。そーら、せっしゃはまた短冊《たんざく》が起きそーだぞ、と。ほら起きた、青タンも揃《そろ》いそうじゃ。なになにこっちを見ると、なな、なんと猪鹿蝶までもが。ヌワッ、ハッハッハ。こりゃ笑いが止まらんわい。はい、締めて五百両とな。ヌワッ、ハッ、ハッ」

クゥー。この口惜しさといったらなかった。師匠は、突然何かの亡霊が乗り移ったかのように意地悪な侍になり、オイラをいじめるのだ。まったく、こういう強欲で意地悪な役をやらせると深見千三郎の芸は天下一品だった。舞台ならともかく、楽屋のバクチの場に及んでも師匠は得意の芝居を始めてしまうのだ。

「くぇッ、くぇッ、くぇッ。口惜しいかな北野殿。どうじゃ、おやめなさるかな。降参ですかな。むッ、ふッ、ふッ、この田舎侍、鮒《ふな》侍めが。とっととやめて足立の田舎

へでもどこへでもお帰りなさるかな。さぞかし国もとのご両親様もお嘆きなさってお
ることじゃろうに。この親不孝もの、道楽息子の馬鹿息子めが。クワッ、クワッ、ク
ワッ」

「チクショー、師匠コイですよ。とっときやがれこの因業《いんごう》ジジイが」

「なに、おつづけなさるか。よしよしそうこなくてはな。くッくッくッ、飛んで火に入る乞食虫《こじきむし》とな。ほらまた起きた。はい、三光そろいでプラス三百両じゃな」

あまりの口惜しさに唇《くちびる》を噛《か》みしめながらも、しかし途中でやめるわけにはいかなかった。こう見えたって、フーテン時代は麻雀屋の代打ちでバイトをしてたくらい、賭事《かけごと》に関しちゃ自信があったのだ。どんなに負けがこんでもうろたえるなんてことは絶対なかったし、ましてや頭に血が昇ってわけがわかんなくなるなんてことも一度もなかった。

それが師匠とバクチをやるときだけはこのありさまだった。深見の師匠の一人芝居に最初から呑《の》まれていた。そのくらいに師匠の勝負にかける執念はすごかった。勝負のときは、相手をまったく容赦しなかった。

そしてなにかにつけて出てくる腹の立つ師匠の台詞《せりふ》が、「口惜しいかな、北野殿。ワシに勝てるかな。ぬっふっふ」だった。師匠は完全に忠臣蔵の吉良上野介《きらこうずけのすけ》になりき

り、オイラを浅野内匠頭《あさのたくみのかみ》に見立てて徹底的にイビリまくるのだ。オイラに負けがこんでくると本心から仕合わせそうな顔をして、やれ「田舎侍」「鮒侍」だのといって揶揄《やゆ》した。師匠のこの突っ込みにはさすがのオイラも辟易《へきえき》するところがあった。

テレビで相撲中継があれば、必ずトトカルチョバクチになった。師匠は幕内中入り後の取組を一覧表にして書き出した。そして一番一番ジャンケンで自分の力士を選択させ、ひと勝負百円で賭けるのだ。

師匠は大関貴ノ花が大好きだった。オレは輪島のファンだったから、貴輪戦になると大騒ぎになった。結びの一番ともなると、師匠は立ち上がってそこらじゅうの物をブッ叩くの、蹴とばすの、わめくのと貴ノ花と一緒になって相撲を取っちゃうのだ。最後の土俵際《どひょうぎわ》の攻めになると、

「バカヤロウ！　貴ノ花駄目だ。上手を引け、上手を。ああもう遅い、チクショー輪島死ね。誰か輪島の足を引っぱれ。ザブトンぶっつけろ。駄目だ、貴ノ花がやられるう」

と、叫んだかと思うとそのまま畳の上にもんどりうって引っ繰り返ってしまうのだ。まるで子供みたいだった。そうやって百円を取ったり取られたりしながら今日は二百円儲《もう》けただの、三百円損しただのという毎日だった。

師匠もオレも格闘技ファンだったので、キックボクシングのある晩などは大変だった。沢村忠やロッキー藤丸などオレたちお気に入りのボクサーがたくさんいた。なかでも傑作だったのは、ロッキー藤丸対タイのトーン・シングタノンサクとの十二回戦の試合だった。

二人でとりきめたボクシングのトトカルチョのレートは、勝利者には文句なく千円。そしてダウンを一回取るごとに百円もらえるというルールだった。

めずらしくオイラはジャンケンに勝って、ロッキー藤丸を取ることになった。師匠はタイのボクサーだ。ヌハハ、勝者の千円はもうオイラが取ったも同然だった。

しかし、ゴングが鳴って試合が始まってみると意外な展開が待っていた。

いきなり一ラウンド目でロッキー藤丸がダウンを取られた。二ラウンド目でまたダウンである。ワンダウン百円で、もう二百円もやられてしまっていた。

三ラウンド、四ラウンドでロッキーがなんと二度ずつダウンし、はやくも六百円に。このまま十二ラウンドまでダウン続きでいかれたら、こっちはいくら取られるかわかったもんじゃない。大破産ものだった。

「藤丸、そこで立ち上がるんじゃない。そのままリングの上で寝てろ。負けてもいいから起きるな」と変な声援を飛ばしていると、ロッキー藤丸は懲《こ》りずにまた立ち上がってファイティングポーズを取りやがるのだ。

師匠は大喜びだった。これでもしタイの選手が勝てば、勝利金も入れて師匠は大儲けになる。

ところがである。終盤の十ラウンドになって今度はタイのトーン・シングタノンサクがダウンした。ガハハハ、ザマーミロ。トーンがフラフラになっている。ひょっとするとロッキー藤丸が勝つチャンスもありそうな雰囲気《ふんいき》になった。

十一ラウンドでまたトーンが倒れた。あと一ラウンドだ。こんどはロッキー藤丸が倒れた。それも二回もだ。もう一回ダウンすれば完全にトーンの勝利だった。バカヤロー、ロッキーやっつけろ、タイをブッ倒せ。

ダウン。トーンがまたダウンした。よし、今度こそ起き上がれないぞ。カウントアウトのゴングが鳴った。トーン・シングタノンサクついにノックダウンでロッキーの勝ちだった。

やったぜ、とふり返ると、師匠も畳の上でタイのボクサーと一緒になってダウンしていた。

ハハハ、ボクシングのトトカルチョでようやく師匠に勝って金をまきあげることができたのだ。これでまた『さくま』のチュウハイが飲めるぞと思ったときである。

「あれ、待てよタケ。この勝負、俺の勝ちだぞ」

と、深見の師匠がムックリと起き上がった。

「なんでですか、シングタノンサクはKO負けですよ。文句なしにオイラの勝ちじゃないですか」

「それがそうじゃないんだな。世間はそんな甘くないんだよ。ほらタケ、これを見てみろ、トーンとロッキー藤丸のダウンの数を」

トーン・シングタノンサクのダウン、合計三回。ロッキー藤丸のダウン、合計十八回。ダウンの差引き十五回。

「試合はトーンの負けだから俺はおまえに千円を払うけど、おまえも俺に十五回分のダウン料として千五百円払うことになるんだよ。てことはだな、差引き五百円の俺の勝ちだ。ムッヒッヒッ、悪いね」

「クエエ、この強欲ジジイ。ちゃんとに計算していやがって、鬼、人でなし」

オイラは一日にたった千五百円の給料しかもらってないというのにである。それだから十日ごとにもらうオイラの給料はほとんど師匠へのバクチの借金を返すことで消えてしまうのだった。

浅草六区に中央競馬の場外馬券売場ができてからというもの、師匠の馬券買いはオイラの役目になっていた。土曜、日曜の中央競馬会の開催日ともなると、師匠の予想メモを持って馬券売場まで買いに走った。師匠の競馬新聞は『一馬』でも『勝馬』でもなく、『競馬研究』という普通の人はほとんど手にしないヘンな新聞だった。

その日は、今年最後のクラシックレース、有馬記念のある日だった。

「師匠は第六レースから買うんですね。えーと、第六レースが7―8で、第七レースが7―8買い。第八レースがやっぱり7―8。そんで第九レースの有馬記念が7―8、ちょっとちょっと師匠、これ全部7―8じゃないですか」

「そうだよ。いいんだよ」

「いいんだよって、師匠。新聞にゃ7―8の馬なんてなんの印もついてないですよ。ほとんどカスですよこの枠《わく》は」

「バカ野郎、だからてめぇは素人《しろうと》だっていうんだ。俺は7―8で万馬券を取ったことがあるんだから。それからだよ、人には7―8の深見っていわれるようになったのは。黙って7―8だけ買ってくりゃあいいんだよ」

「へーッ、いつのことなんですか、それ」

「二十年くらい前かな」

「なにいってんですか、寝ぼけたことを。師匠六レースは1―2のド本命で決まりですよ。これ以外にはきませんね。七レースは1—3、3—8の3流しの二点買い。八レースは難しいからこれはやめといて、九レースの有馬記念はどう考えたってハイセイコーとタニノチカラの2—6で決まりですよ。ここで一気に勝負ですね。ね、これ買ってきましょう師匠」

「うるせぇ、おまえの予想なんかどうでもいいんだよ、買うのは俺なんだから。てめぇが予想するんなら、てめぇで買ってなんでもやりゃあいいじゃねぇか。いいからいわれたとおり7—8を買ってきな。特券で三枚ずつだぞ」

「ムグゥ。わかりましたよ。買えばいいんでしょ、買えば」

すごすごと買いに出かけるオイラだった。

できたばかりの浅草場外馬券売場は、目新しさも手伝ってか昼をすぎるころには馬券買いの人の波が六区の通りまで溢《あふ》れ出ていた。馬券投票もコンピューター時代とかで、特券以外の馬券なら全レースがどの窓口でも買えるようになっていた。

二百円券ならオレだって何レースかは買えるぜ。チクショー、七レースの3—8と九レースの2—6を買って当ててやって、師匠の鼻を明かしてやろうじゃないの。なにが7—8の深見だ。いくら大穴狙いだからって、そんな隅《すみ》っこの枠の馬がそういつもくるわけがないんだよ。

待てよ。くるわけがないものをなにもわざわざ買うこたないんだよな。そうだよ呑んじゃえばいいんだよ師匠の馬券なんか。どうせきっこないんだから。

オレは特券売場への階段を途中まで登りかけてやめた。そして一階の二百円券売場に戻るとせっせと自分の好きな馬の馬券を買い始めた。ふだん総額でも三千円以上ブチ込んだことのないオイラにとって、師匠から預かった二万円の馬券代はめいっぱい遣おうとしても遣いきれないほどだった。しょうがなく一点買いでもいいレースを三点買いで流したり、いつもなら絶対買うことのないような本命レースをわざと買ってみたり、いろいろ買いあわせても二日分のチュウハイ代と飯代くらいの金が余った。

馬券を買うとそのまま楽屋には戻らず、『ブロンデイ』の喫茶店のテレビで競馬観戦としゃれこむことにした。どうせきょうは夕方のコントの時間までフリーである。『ブロンデイ』は場外の競馬ファンの客で満員だった。テレビを覗《のぞ》くと、すでに第六レースの馬がゲイトインを完了し出走寸前だった。ハハ、師匠の7—8なんかきっこないんだからさ。オレは悠々《ゆうゆう》とコーヒーのおかわりをしながら夕方までたっぷりと競馬中継を楽しんだ。

案の定師匠のいった7—8の馬はいっこもこなかった。危なかったのはきょうのメインレースである有馬記念に2—8の馬がきたことだった。穴であるはずの8枠のストロングエイトが一着に入ってしまったのだ。さいわい7枠人気のヤマニンウェーブが八着で終わってくれたからよかったものの、ヤマニンウェーブがもし二番手にでもきていたら大変なことになっていた。なんたって2―8の連複でさえ一万三千三百円の万馬券の配当が付いたからだ。もし7―8の大穴が入ろうものなら配当もいくら付いたかしれたもんじゃなかった。危ねぇところだったことよ。

オイラが買った馬券も本命馬券を除いて、すべてが一着三着とか、二着三着のかすり馬券ばかりだった。注文したコーヒーを飲み干すと楽屋へと戻った。

「こら、タケ、おめぇいままでどこ行ってたんだ」

深見の師匠が不機嫌《ふきげん》極まりない顔をしてオイラを待ちかまえていた。

「どこって、休憩時間なんで喫茶店でコーヒーを飲んでただけですよ。だけど師匠、惜しかったですねきょうの有馬記念は。2―8ですもんね。アハハハ」

「バカ野郎、そんなこと訊《き》いてんじゃないよ。俺の馬券はどうしたんだよ」

「師匠の馬券は全部ハズレでしたよ」

「バカ野郎、そんなこたわかってら。だから馬券はどしたんだってての」

「もう、いいじゃないですか、レースは終わっちゃったんですから。師匠、やっぱり7―8一辺倒じゃムリですよ」

「うるせぇ。いいから俺の馬券をここに出せっての」

「だからいいじゃないですか、一枚も当たらなかったんですから。当たらなきゃ馬券なんてただの紙屑《かみくず》なんだから、いらないでしょ紙屑なんて」

「てめぇ、なんだかんだいって出さねぇとこみると、俺の馬券呑みやがったな」

「当たりです」

「当たりだと、この野郎ぬけぬけと」

「だって師匠、あんな当たらない馬券何枚買ったってムダじゃないですか、みすみす金をドブに捨てるようなもんですよ」

「うるせぇ、もうおまえなんかにゃ頼まねぇからいい。バカ野郎、師匠の馬券を呑みやがる弟子がどこにいるんだ。俺も長いこと師匠稼業《かぎょう》をやってるが、おまえみたいな要領のいいやつは初めてだ。バカタレめが」

といいながらも、また翌週になると、

「タケ、馬券買ってこい。いいんだよ7―8で。なにィ、六レースは8枠がありませんて!? チッ、このォ、じゃ六レースは外して買やいいだろうが。今度呑んだりしやがったら承知しねぇからな」

と、性懲りもなくオイラに馬券買いを頼むのだった。そしてオイラはオイラで、隙《すき》を見てはまた師匠の7—8の馬券を呑みつづけるのだった。

第十章　踊り子たちのおおらかさには感動させられた

まえに、座付き作家志望で入ってきたいのうえが踊り子にモテてしょうがないという話をしたが、冗談じゃない、オレだって志の川亜矢の姐《ねえ》さんばかりじゃなく、ほかの踊り子たちからもモーレツにモテたのだ。ただそのモテ方が尋常じゃなかった。

なにが凄《すご》かったって踊り子からの毎日の差し入れが凄かった。志の川亜矢の姐さんが、やれ弁当だおじやだって持ってくるのをまねてか、ほかの踊り子までが「タケちゃん、あたしも雑炊つくったから食べてよ」、「タケちゃんカレー好きだったよね。ご飯炊《た》いたから食べなよ」と入れ替わり立ち替わりでオイラのところに差し入れの食事を持ってきやがるのだ。

それは本当に涙が出るほどありがたいことだったが、いくら飢えたノラ犬でも一日に五杯も六杯もの雑炊やカレーライスが食えるわけがなかった。

そしてまたこっちの踊り子の弁当を食って、こっちの踊り子の雑炊を食わないというわけにはいかなかった。無理をしてでもなんとしてもたいらげなくちゃならなかった。オイラはほとんど拷問《ごうもん》に近いかんじで差し入れの弁当や雑炊鍋《なべ》をゲェーゲェーいいながら片づけていた。

踊り子というのはどういうわけか情にほだされやすく、自分より弱いやつを見るとすぐに面倒を見てやろうという気を起こすのだから困ったもんだった。

「タケちゃんも大変だね。いろいろ苦労するんだね」

自分たちのほうがよっぽど生活に困窮し苦労してこの世界に入ってきたはずなのに、そういってはばからないのだから呑気《のんき》なものだった。

東北出身の踊り子など「あたス、トウツォーさきてハツネンになっけど、ハァすっかりナマリさとれたもんナヤ」と大笑して澄ましてるのだから呆《あき》れたやつらだというか、困ったもんだというか。そんな踊り子たちだから気持ちだけは飛び切りといっていいほどいいやつばかりだった。もっともこれで人が悪かったら地獄だろうけど。

ひとたび裸になってしまえばオイラたちより五倍も六倍もの給料がもらえるのだし、舞台に立ったその日からそれまでの貧乏生活を抜け出せるのだ。大金持ちとまではいかなくても、オレたち気の毒な貧乏役者たちに飯をおごってやれるくらいの金持ちにはなれるのだから、彼女たちが優しくなれるのもわからないではなかった。しかし気前よくパッパと金を遣う踊り子たちの金の遣い方はどこかちぐはぐでぎこちなく、持ちなれない金を持ってしまった自分が不安でしょうがないといったかんじだった。

ところが世の中よくしたもので、そうやって働いて手にした金をうまい具合に遣ってくれる役割の人間がちゃんとついているのだ。いわゆるヒモと呼ばれる男たちだった。

フランス座の踊り子のなかにもヒモと称する男を引き連れている踊り子が何人かいたが、なかでも傑作だったのは七海《ななみ》わたるという踊り子だった。ある日楽屋に戻ってきた師匠がしきりと首を捻《ひね》りながら、

「タケ、トム、セズってのはなんなんだ？」

と、唐突に訊《き》いてきた。

「なんですか、それ」

「いや、いま七海わたるの楽屋の前を通ったら、なかから『トム、セズ』なんていってんのが聞こえてきやがんだよ。亭主が本かなんか読んでやってるらしいけど、なんなんだ『トム、セズ』ってのは。怪しいな、アメリカのスパイか？　タケ、ちょっと

いって見てこい」

「はい」

踊り子のヒモである亭主が女房に本を読んでやってもべつに怪しいことはないんだが、師匠のいったその『トム、セズ』ってのが気になって、とりあえず七海わたるの楽屋を覗《のぞ》いてみた。

そしたらなんてことだ、七海わたるが机の前にきちんと正座して英語の勉強をしているではないか。教えているのがヒモである亭主だった。

「師匠、偉いもんですよ。わたるさんが楽屋で勉強してますよ。それも英語の勉強を」

「なんだっておい、志の川よ聞いたかい。七海わたるが楽屋で英語の勉強なんかしてるんだってよ」

丁度顔を出した志の川の姐さんに、師匠が驚いて訊いた。

「あら、なにいってんのよ。アンタたち知らなかったのかい。七海さんの旦那《だんな》は元は高校の英語の教師だったそうよ。わたるさんはその教え子で、高校生のときに教師と生徒で二人ができちゃって駆け落ちしたんだって。だけどとうとう亭主が食いあげちゃって七海さんが踊り子になったんじゃないの。なにいまごろ驚いてるのよ、バッカみたい。キャハハハハ」

師匠とオレは呆気にとられて顔を見合わせた。

「そういわれてみればわたるさんが旦那のことを、先生、先生って呼んでましたよ。先生ってのは高校の先生の意味だったんすか」

「だったんすかって、ストリッパーの楽屋でいまさら英語の勉強もねえだろうに。何考えてんだか。まったく、とんでもねぇやつがいるもんだよ」

「でも、二人はけっこう真面目《まじめ》な夫婦らしいわよ」

志の川の姐さんが口を挟《はさ》む。

「何が真面目なんだ、ふざけたことをいうんじゃねぇや。だいたい学校の教師ともあろうものが、その教え子をストリッパーにして、てめぇはヒモになり下がってるなんて教師が聞いて呆れるってものよ」

「あーら、アンタもひとのことはいえないわよ。あたしというカミさんにストリッパーやらせて働かせているんだからさ」

「むふッ」

志の川の姐さんにそう突っ込まれると、たちまち返事の返せない師匠だった。

もう一人、宝ようことという踊り子の旦那で、矢部さんというパチプロの生活をしているヒモのお兄さんがいた。喧嘩《けんか》っ早く腕っぷしも強いというお兄さんだったが、東北地方のヤクザに捕まって無理矢理働かされていた彼女を救い出し東京まで逃げてきたという、なかなか義侠心《ぎきょうしん》のあるお兄さんだった。

　毎日、劇場の近所のパチンコ屋に入り浸っては、その日の自分の小遣い稼《かせ》ぎに精を出していた。そんなお兄さんだからオレたちみたいな修業中のコメディアンにも優しく、パチンコで稼いだ金を持ってはオレたちを飲みに連れて行ってくれたり、パチンコで取った景品の缶詰《かんづ》めやインスタント食品をわけてくれたりしていた。

　七海わたると宝ようこの、ヒモつき踊り子たちの劇場での競い合いがまた見ものだった。片方は学校の先生上がり、片方はパチプロという身分。しかし現在は同じストリッパーのヒモ稼業《かぎょう》ということで、その意地の張り合い方がおかしかった。

　七海わたるのほうが何か新しい衣裳《いしょう》を作ると、負けじと宝ようこも新調した派手々々な衣裳で舞台に出てきた。

　片方が本格的な高級一眼レフカメラを買えば、こちらは最新式のカセットテープレコーダーを買い、それじゃあうちも、とステレオプレーヤーを買うという、なにをしても張り合って競争し合った。そして最後には、

「あんなもん買いやがって。少しは貯金でもすりゃあいいのにさ、ああやってカミさ

んが稼いだ金を亭主がみんな遣っちゃうんだよ」

などと互いの夫婦同士で罵《のの》り合っているのだから、師匠じゃないが本当に何を考えているのだかオイラにもさっぱりわからなかった。

ヒモのいない踊り子たちは踊り子たちで、オイラたちをつかまえちゃ、

「タケちゃん、遊びにおいでよ。ご飯食べにおいでよ」

と、誘ってくれる子も多かった。昔は踊り子とコメディアンが恋に陥ってひっついてしまうというケースが日常茶飯事のようにあったが、オイラの場合はなぜか不思議とそんなチャンスが訪れず、いつも一歩手前のところで踊り子たちの生活や考え方のちぐはぐさに、面食らってしまうばかりだった。

ふだん、裸のオッパイやコーマンを隠さずに平気で歩きまわっている踊り子たちを目にしていると、彼女たちの存在はどう見ても恋愛対象には見えてこず、同業の仕事仲間というかんじがしてならなかった。そしてそんな踊り子たちの家に呼ばれるたびに、生活観や人生観の違いに感心させられて帰ってくることのほうが多かったのだからなおさらだった。彼女たちの生活に対する考えは、一見真摯《しんし》なように見えてその実けっこうずぼらだったりするのだ。

一度、三姉妹で踊り子稼業をやっている浅吹リカさんの家に招待されたことがあっ

た。劇場のある六区からすぐの田原町に、リカ、じゅん、マイの浅吹三姉妹たちの住むアパートがあった。姉妹の家に行って驚かされたのは、六畳二間のアパートに部屋からはみ出しそうなほどのでっかい仏壇がでんと置かれていたことだ。仏壇が彼女たちの生活空間に似合わず、あまりにも立派なのがおかしかった。新興宗教の熱心な信者である三姉妹たちは、ふだん楽屋で見せるひょうきんな顔を脱ぎ捨て、まじめな顔でそのでかい仏壇に向かって拝んでいた。そして、

「タケちゃん、遠慮しないでたくさん食べてってよね」

と、出されたご馳走《ちそう》は、大きな皿の上に何十個と積まれたゆで玉子の白い山だった。

「さ、遠慮しないでお食べ。玉子は栄養があって精がつくんだから。こうして毎日ご飯が食べられるだけで仕合わせだと思わなくっちゃね」

「はい」

と返事はしたものの、いちばん上のいつもは派手好きで見栄《みえ》っ張りのリカ姐さんから見かけとは裏腹な神妙なことをいわれちゃうと、この三人の姉妹はこれまでにご飯も食べられないくらいの苦労をしてきたのだろうか。彼女たちの苦労とはどんな苦労だったんだろうか。おそらくオレなんかには想像もつかないようなよっぽど辛《つら》い悲惨

な生活をおくってきたんだろうと途端に胸がつかえる思いがして、五個目のゆで玉子の黄身がことさら喉《のど》につっかかり、むせこんでしょうがなかった。

ゆで玉子のご馳走の帰りには大理石製の置き時計や男もののズボンやシャツをくれたりして、これもオイラにとっちゃちぐはぐなもんだった。三畳一間の刑務所みたいなオイラの部屋に大理石製の置き時計なんか似合うはずがなかった。シャツやズボンにしたって、真っ赤なシャツだとか赤と黄色のチェックのズボンだとか、いっちゃあ悪いがとてもオレたちがはけるようなセンスのしろもんじゃなく、そういうのはみんないのうえのやつに押しつけてくれてやった。

せっかくもらったテレビも、一週間もしないうちに画面が一直線になってすぐに見られなくなった。ひどかったのは夏にもらった扇風機で、これがどういうわけか羽根を囲っているはずの外枠《そとわく》がなく、羽根が剝《む》き出しになったままの扇風機だった。それでも小っちゃな窓が一つしかないオイラの部屋は、真夏日の夜などになるとサウナ風《ぶ》呂《ろ》のように蒸し暑く、夜中じゅう扇風機を回してなきゃ寝られないほどで、裸の扇風機でも充分役に立ってくれた。

もらった扇風機を窓枠の桟《さん》に引っ掛けて夜中じゅう回していると、桟からはずれた扇風機が寝ているオレの頭の上に落ちてくることがちょくちょくあった。そのときの痛さといったらなかった。真夜中の就寝中に突然予想もしなかった扇風機の襲撃に遭うのだ。外枠がない裸の羽根が剥き出しの扇風機だからたまらなかった。「ガータ、ガタ、ガタ、ガタ。バーラ、バラ、バラ、バラ」とまるで頭の上に雷が落ちたようで、何度も扇風機の羽根に頭を殴りつけられた。いわれもない真夜中の扇風機の襲撃にびっくりして飛び起きると、扇風機に向かって思わずファイティングポーズを取っていることがよくあった。

まったく、踊り子ってのはなんでそんな変な物をわざわざくれたりするんだろう。考えただけで不思議だった。もっとも、そんな変なものを断わらずにありがたく貰《もら》ってくるオイラもオイラだったが。

不思議といえば、オイラと同じ第二松倉荘に住むアン西山さんの生活も、不思議な暮らしぶりだった。アン西山さんはときどきゲストでうちの劇場に出ていた踊り子だったが、例によって、「タケちゃん、たまには家にも飲みにおいでよ」などと何度となくアパートの前で誘われるものだから、こっちもその気になってひょこひょこ訪ねて行くと、これがまた笑っちゃうような生活だったりした。

オイラと同じ三畳間の広さの部屋になんと冷蔵庫にクーラー、ステレオにテレビ。応援セットにテラス用のテーブルやイスなどの家具類がぎっしりと入っており、おまけに熱帯魚の泳いでいる水槽《すいそう》までが置いてあって人間の入る隙間《すきま》などどこにもないのだった。アンさんの家に招かれたお客たちは、仕方なく靴脱《くつぬ》ぎ場の土間か入り口の廊下に出て酒をご馳走になったり飯を食ったりするという大変な宴会になった。

それでも踊り子たちは今の生活がいちばん最高で仕合わせだと思っているところがあり、そのおおらかで人が良く、たくましい生活ぶりは、オイラみたいな欲深なやつから見たら羨《うらや》ましいかぎりだった。

第十一章　踊り子たちと遊びに行くまではよかった

新種の踊り子ってのがそのころにいろいろ出てきたりもした。アングラ演劇隆盛のときで、前衛舞踏の女の子たちが劇団の運営資金を稼《かせ》ぐためにストリッパーの踊り子としてアルバイトできていた。自分たちの演劇公演のあい間をみては、男女二人一組のカップルになってストリップ劇場に出稼ぎにくるのだ。

前衛舞踏というのは土方巽《ひじかたたつみ》という暗黒舞踏家の弟子たちで、踊り手たちもちょうどオレたちと同じ世代で、元学生やら元教師やら脱サラリーマンやらオイラと同じ元フーテンがいたりと、いずれにしても変なやつらの集まりであることは確かだった。

彼らが浅草フランス座にくると、金粉ショウだとか白黒まがいの絡《から》みのショウだとか、全身を真っ白に塗りたくったアングラの前衛舞踏そのまんまの踊りを舞台で始めるやつらもいた。

「タケ、なんなんだあの奇妙な振り付けは。踊る宗教かなんかか？」

下手の袖《そで》で心配そうに舞台の様子を見守っていた深見の師匠が、進行係の席に戻ってきてそう訊《き》いた。

「さあ、オレにもよくわかんないんですけどね。人間の肉体の根源的な姿だとか、人間になる前の魚や胎児の姿だとか、自然の慟哭《どうこく》や情念を踊りにするなんていってますけど。つまり芸術ですよ、師匠」

「その芸術をなんでストリップ劇場なんかでやんなきゃいけないんだ。ここは裸を見せるだけでいいんだよ」

「そういいますけど師匠、いまどきアングラなんて若いやつのあいだじゃ常識ですよ。このくらいの踊りちっとも珍しくないですよ。渋谷や新宿に行きゃ、まいんちどっかであんなような芝居やってますから」

「そんなもんかな。だけど、客はシーンとしちゃってグスともいわないぞ」

「いいんですよ、それが芸術なんですから。いまにウーンとか、なるほどとか、溜《た》め息が聞こえてくるはずですから」

と、オイラがいった途端だった。いきなり「ギャー!!」という女の叫び声とともにドスン！　という鈍い音がして、そのすぐあとにウーンという唸《うな》り声が客席から洩《も》れてきた。客席がざわついている。

「タケ、なんだいまのは」

師匠にいわれるが早いかオレは下手の幕間から覗《のぞ》いてみた。

客席で唸っていたのは暗黒舞踏チームの女の踊り手だった。どうやらアダージオでぐるぐるふり廻《まわ》されているうちに男のほうの手がはずれ、客席まで投げ飛ばされたらしかった。女の子は裸のオッパイを出したまま最前列の客席にうずくまっていた。放《ほう》り出された拍子に客席の椅子《いす》にでも顔面をぶつけたらしく、女の子の口から血が吹き出ていた。身体もあちこちを強打したのか腰を抜かして動けないようだった。口から流れ出した血がポタポタとオッパイの上にまで垂れていた。

男の踊り手のほうは舞台に棒立ちになったまま「大丈夫か」などと声をかけ、オロオロしている。

「師匠、どうしましょう」

「どうするって、おまえが行って助けあげてくるか」

「それもまぬけですね。音楽をカットして暗転にして、二人には下がってもらいましょうか」

思案していると、アングラの女の子がぬっくと起きあがり、口元の血を手で拭《ぬぐ》いとるとふたたび舞台へと上がってきた。そして男と向き合うとアダージオの続きを踊り始めたのだ。男はちょっと躊躇《ちゅうちょ》したが女に促されてまた手を組んで踊りだした。

「けっこう根性ありますね、あの子」

「バカヤロー、なにが根性だ。どこが芸術なんだ。身体じゅう血だらけじゃねぇかよ。血だらけのオッパイなんか見せてどうしようってんだ。客は気持ち悪りィだけだよ。いいから早く舞台をやめさせろ、バカヤローが」

「はい」

ところが、オイラがいくら合図を送っても女のほうはいうことをきかず、そのまんま最後まで舞台をやり通してしまったのだから凄《すご》かった。客席も唖然《あぜん》としたままだった。

二人は楽屋に引き籠《こも》るとしばらく姿をあらわそうとはしなかった。

「タケ、医者に連れて行かなくっていいのか」

「はい、オレも男の踊り手のやつにそういったんですけど、女が頑固《がんこ》に必要ないっていうんですよね」

「だけど、手当てくらいはしてやんないとな。も一度様子を見てこい」

「はい」

アングラチームの二人は、以前オイラが寝泊まりしていた下の楽屋を使っていた。楽屋を覗こうとしてまたまたびっくりした。なかからうめき声のような物音が聞こえたため、てっきり女の子がまた苦しみだしたのかと思ったら、そうではなかったのだ。なんと二人は裸のままひっしと抱き合い、くんずほぐれつのお祭りの最中だったのである。なんだこれは、前衛芸術がきいて呆《あき》れるぜ。フランス座のニジンスキーがいいお祭りの最中とはさ。

「師匠、アングラは大丈夫です。二人でくんずほぐれつをやってましたから」

「なにィ!?　楽屋でお祭りやってたってか。何考えてんだか最近の若いもんは。俺《おれ》は知らねぇぞ」

あとできいてみると、女の子は恋人の男に誘われるまま高校を中退してアングラ劇団に入ったという家出中の身で、親に見つかると連れ戻されるので、ケガをしても大《おお》袈裟《げさ》にはできず、医者にも行かず我慢したのだという。お祭りのあとの二回目の舞台からは、顔を腫《は》らしたままステージをこなしたのだからやっぱり相当な根性もんの女の子だった。

ＳＭショウのグループが劇場にのったときも傑作だった。ＳＭ劇団といってもまだ十九か二十そこらの若い連中ばかりで、高校生かと見まちがうほど少女っぽい女の子もいた。舞台はただ男が出てきてムチで叩《たた》き捲《まく》るだけという演出も構成もない稚拙《ちせつ》な舞台だったが、裸になった彼女たちの身体《からだ》を見て驚かされた。若い身空でどの女の子もムチで叩かれた青紫のあざが、身体じゅうのあちこちにできていた。それを見るたびに、

「おいおい、可哀相《かわいそう》なことするなよな。芝居かと思ったら本当に叩きやがってよ。あいつら本物のＳＭ野郎たちだったのかいな」

と、師匠は眉《まゆ》をひそめていた。

若い連中は自分の趣味で舞台に出ていたり、お金だと割りきっている子も多かったが、それでもたまに男に身を売られたりして無理矢理舞台で踊らされているような女の子もいた。そういう子は十日間の興行がもたず、中日を待たずしてトンズラする踊り子も出た。そのたびに、「逃げられた逃げられた」といって劇場内をうろちょろ嘆きまわるのが深見の師匠だった。

「バカヤロー、金に困って不自由してるっていうからさ、あいつらには初日のうちに十日分のギャラを先払いしてあったんだよ。チクショー、ひとの好意を無にしやがって。まだ七日間も残ってるじゃねぇかよ。どうしてくれるんだいったい」

興行の世界にもう何十年と生きてきて、こんなできごとは何十ぺんとなく経験して

きたはずなのに、それでも人のいい師匠はトンズラする踊り子に何度となく手を焼かされていた。

「タケ、今度きたあの踊り子な。あれ、ちょっと危なくねぇか。また途中で逃げるんじゃねぇかな。タケ、おめえの勘じゃどう思う」

「危ないですね、師匠。またトンズラされると大変ですから、先渡しするギャラは中日までの半分にしといたほうがいいですよ。なんだったら後半分のお金はオイラが預かっといてあげますよ。師匠もまた情にほだされてだまされちゃうといけませんから」

「うん、そうだな。こら、こら、ちょっと待て。なんで踊り子のギャラをおまえに預けなきゃいけねぇんだ、バカ野郎。危ねぇ、危ねぇ。おまえのほうがよっぽど危ねぇや」

「バレましたか」

「うるせぇ」

踊り子とヤクザ者の繫《つな》がりというのもいくらもあったが、師匠が大のヤクザ嫌《ぎら》いだということもあって、おおっぴらに浅草フランス座に出入りするヤクザは少なかった。それでも一度だけオイラがヤクザに絡まれたことがあった。

滝町子というベテランの踊り子がいた。年齢《とし》はもう四十をまわっていたが、エネルギッシュでスピード感のある踊りに年齢は感じさせなかった。二十代のチンタラした踊り子よりよっぽど舞台に迫力があり、客席から必ず拍手をとっていた。ほかの踊り子たちと違って楽屋にワインを持ち込み、サーモンやキャビアをつまみにチビチビやるという、フランス座の踊り子にしては珍しくおしゃれでセンスのあるお姐《ねえ》さんだった。

ある日、その町子姐さんがトリを踊っているときだった。チンピラ風の見知らぬ男が二人、楽屋口までフラフラと入ってくると、進行席がある下手の袖までやってきて姐さんの舞台をじっと覗き見しているのだ。

「あの、すいません。ここは立入禁止なんですけど」

「うるせぇな。俺は町子に用があってきたんだよ」

「滝さんからは、べつになにもきいてませんけど」

「うるせぇ。引っ込んでなって」

「でもここにいられると困るんです」

「なにィ」

袖でもめていると、こちらに気がついた町子姐さんが踊りをやめてツツッと走り寄ってきた。

「あんたたち、何やってんだい。外で待ってなっていっただろうに。そんなえらそうな態度して進行のタケちゃんに悪いじゃないか。あやまんな」

巻き舌の早口で、タラララと機関銃のようにチンピラたちを叱《しか》り飛ばしたのだ。

「は、はい。こりゃ、姐さんえろうすんません。こちらのお兄さんにも失礼しました。これでちょっと勘弁してやってください」

喧嘩《けんか》の強そうに見える男はどうも町子姐さんのイロ男の子分らしいのだが、オイラにそういって謝りながら、掌《てのひら》の中に二万円を握らせて去って行った。

「滝の姐さん、お金なんかおいてっちゃって。こんな大金、オイラもらえませんけど」

「いいのよ、あんなバカヤロー。ゴメンよタケちゃん、いいからとっといて」

その後、このヤクザさんとは六区の通りで一度出会ったのだが、オイラを見つけるなりヘコヘコしながら寄ってくると、

「兄さん。こないだはほんとにすんませんでした。フランス座の役者さんとは知らずにゴロまきまして、滝の姐さんからもたっぷりしぼられました。以後気をつけますのでお見知りおきを」

いえッ、エヘッ、ナハッ。こちらこそ二万円なんて大金をもらっちゃったりなんかしまして、タハッ。面と向かってヤクザさんに仁義なんか切られちゃうと、しどろもどろになってどうにもなんなかった。そのヤクザさんは何ヵ月かして関西方面のヤクザ抗争のドンパチの末に死んだということを滝の姐さんから聞かされて、オイラはまたまた腰を抜かした。

いろんな踊り子がつぎつぎと入ってくるなかで、一度劇場の踊り子たちとそろって新宿のディスコへ踊りに行ったことがあった。そのころはまだディスコとはいわずゴーゴークラブと呼ばれていたころで、ひょんなことから踊り子たちが寄り集まってみんなで踊りに行こうという話になったのだ。

あれは、あの作家志望のいのうえが、ジプシーでまわってきた踊り子たちから裸の洗礼を受けたのがきっかけだった。

「タケちゃん、眼鏡かけたいのうえさんていう照明やってるお兄さんがいるじゃない。あの人に次の舞台の衣裳《いしょう》のことで用事があるからって、そういってちょっと呼んできてくれない」

大月舞という、何ヵ月かにいっぺんフランス座にまわってくる踊り子さんにそう頼まれて、オレはこれからなにが起るのかうすうす感づきながらも、わざと知らん顔をしていのうえのやつを呼びに行った。

「姐さん、お早うございます。次の舞台から衣裳を替えるんですって？　こっちはいいですよ。明かりはなんとでもなりますから」

何にも知らないお人好《ひとよ》しのいのうえが、大月さんの楽屋に顔を出した。

「そう、悪いわね途中で替えたりして。今回の衣裳ちょっと気に入らないもんだから。ま、こっちに入ってお茶でも飲んでってよ」

「いやいいですよ、すぐ戻りますから」

「そんなこといわないで、たまにはあたしのお茶受けでも召しあがっていってな」

そうですか、それじゃ、といのうえが楽屋の上がりがまちにすわりかけた瞬間だった。それっ、とばかりに大月の姐さんがいのうえめがけて飛びかかった。

「な、なにを……？」

と、いのうえがひるんだすきに、まわりにいた踊り子までが一緒になっていのうえに飛びついた。

どうやらこの楽屋の踊り子全員と口裏を合わせてあったらしい。飛びかかるや、いのうえは見るまに次々と服を剥《は》がされていき、パンツ一枚の丸裸にされてしまった。いのうえの瘦《や》せこけたゼンソク症のガリガリの体軀《たいく》が露《あらわ》になった。

「なん、なんです、これは!?」

「よーし。これでアンタもわてらの仲間だよ。あんたたちばっかりがわてらの裸見て不公平やろな。たまにはあんたの裸も見してもらいたかっただけのことよ。どや、承知したか、ワハハハハ」

大月の姐さんが朗らかに笑いこけた。最初は突然のことに憤慨していたいのうえも、踊り子たちの心情にはじめて触れて納得したのか、一緒になって笑い出していた。なにかほっとしたような嬉《うれ》しそうないのうえの顔だった。

その晩である。たぶんその大月姐さんがいい出したんだろう、踊り子とオレたちみんなで、ゴーゴークラブへ踊りにいこうという話になったのだ。キャバレーに職内の入っている踊り子をのぞいて、ノーをいう者はひとりもいなかった。当たり前だ。こと遊ぶことについちゃ目のないやつらばかりなのだから。

夜、劇場がひけると、大月舞に志の川の姐さんを先頭に、浅吹リカ、じゅん、マイの三姉妹。松原美保、沢かおり、ケイ茜《あかね》、メリー八木の踊り子たち。それにオイラといのうえが入って十何人の一連隊を組み、ゾロゾロと電車に乗って新宿まで出かけて行った。

踊り子たちは、舞台のドーランを落としているとはいえ、やはりその恰好《かっこう》はどこか派手でけばけばしく、電車の中でも異様に目立つ集団だった。オレは夏に踊り子たちと後楽園プールに泳ぎに行った日のことを思い出していた。着替えをすまし、後楽園ジャンボプールのプールサイドに集合した彼女たちの姿を見てぶっ飛んだ。

みんな、なんという水着を着てきたんだい。オッパイもこぼれそうな超ビキニの水着を着ているやつ。水着に駝鳥《だちょう》のような羽根をつけているやつ。ワンピースまではいいんだが、きらきらとスパンコールがついて水着全体が輝いちゃってるやつ。なんだよ、舞台衣裳そのまんまの恰好できちゃったんじゃないかよ、まったく。あまりの派手な出《い》で立《た》ちに、見るまにオレたちのまわりに人垣《ひとがき》ができるほどで、オレはひとり逃げ出したくなったことを覚えている。

だから今度の踊り子たちとのゴーゴーダンス行きも、ほんとのことをいうとオレは仲間に加わりたくなかった。彼女たちと一人二人して歩いている分にはさほど目立たないのだが、どういうわけか五人以上の集団になると途端に目立ってしまうのだ。どいつがどう悪いというわけじゃない。なんとなく集団になると、こっちとこっちの女の子の恰好がちぐはぐだったり、こっちとそっちの踊り子の出で立ちが二人並んでみると異様だったりして、結局目立つことになってしまうのだ。

ことに浅草という町を一歩出ると、もうそれだけで目立ち方が激しかった。なんたって乞食《こじき》が町の真ん中を堂々と闊歩《かっぽ》してはばからない浅草の町である。浅草じゃ、どんな奇異な恰好をして歩いてたって誰も振り返って見たりはしないのだ。振り返って驚くのは初めて浅草に足を踏み入れた観光客だけで、オレたちのように浅草に住み馴れてしまったものには、どんな奇妙なやつを見ても驚かなくなっていた。たとえ丸裸で歩いているやつを見たとしてでもである。じっさい、しけもく拾いのターザンと異名をとる、冬でも丸裸の乞食が浅草では有名だったのだから。

オレの予感はやはりいやなほうに当たっていた。オレたち一行は、浅吹じゅんが常連だという『ホワイトハウス』というゴーゴークラブに入って飲み始めた。

彼女たちが外で飲むときはわりとおとなしい。楽屋でのときのようにギャーギャーわめきながら飲むようなことは絶対しない。まわりのお客たちに混じって、目立たないように目立たないように気をつかって飲んでいることが多かった。

この日も飲んでいるまではよかったのだ。それがひとたび踊りだした途端、彼女たちの形相は一変した。最初は客である素人《しろうと》の女の子たちのなかに入ってすました顔で仲良く踊っていたのだが、踊りの競い合いが始まったりするとお互い負けていないのだ。そのへんのチンピラ娘なんかにナメられてなるものかと、本気になって踊りだしてしまうのだからたまんなかった。

初めはゴーゴーダンスだったのが、突然スピンターンをはじめたり。いつのまにか腰にグラインドが入ってしまったり。思いっ切り胸を揺すって踊りはじめたりと、とてもゴーゴーダンスなどではなく、どう見てもストリップの振付けそのものの踊りになっていたのだ。

「おい、いのうえよ、姐さんたち、ちょっとやりすぎなんじゃないの」

いのうえもさっきからの踊り子たちの乱舞ぶりには気づいていたらしく、

「タケ、いって止《や》めさせてきなよ。まわりで踊っている素人衆がシラケちゃってるぜ。みんな踊るのやめちゃったもん」

見ると、フロアの真ん中でやっきになって踊っているのは、うちの浅草フランス座の踊り子たちのグループだけになっていた。しかもその踊り方といったら、とても新宿のゴーゴークラブなんかじゃ見たこともないようなステップばかりなのだ。ときどき男のお客のあいだからピーピーとひやかしの歓声まであがっている。オレはあわてて踊り子たちに走り寄ると、

「志の川の姐さんも大月の姐さんも踊り方が違いますよ。ここは舞台じゃないんですから、腰のグラインドだけはやめてくださいよ」

「あら、なにいってるのよ、タケ。みんなカッコいいっていってんじゃないのよ。ほ

ら拍手だってきてるし。ウケてんだからさ」

「弱っちゃうな。べつに新宿にまできてウケなくたっていいんですよ。オレたち遊びにきたんで仕事じゃないんですから。姐さん、いい加減そこらで勘弁してくださいよ。ちったあ、オレたちの身にもなって……なあ、いのうえ」

「はい、はい。大月の姐さんも、もう踊りはやめにしてこっちきて飲みなおしましょうよ。姐さんたちの踊りをタダでなんか見せちゃもったいないですから」

いのうえも適当なことをいって、なんとかみんなの踊りをやめさせるのに必死だった。

ほんとに踊り子たちとどこかへ行くとなるといつもこうで、この日のゴーゴーダンス行きもオレといのうえはとても楽しく遊べた気分じゃなく、田舎モンの団体客を引き連れてる旅行会社の添乗員かなにかの心境で、オレたちはくたくたになって帰ってくるだけだった。

第十二章　六区名物、乞食のきよしには振りまわされた

　劇場が引けてオレといのうえがフランス座の玄関から出てくると、人気《ひとけ》のなくなった夜の六区の通りをヒョコ、ヒョコとこっちに向かって歩いてくる小男の爺《じい》さんがいた。

　頭に中学生の学生帽を被《かぶ》り、上着も中学生の金ボタンの制服を着ている。下にはヨレヨレのズボンとどこかで拾ってきたような革靴《かわぐつ》を履き、顔をクシャクシャにさせて笑いながら近寄ってきた。

オレたち二人にまとわりつくように道をふさぐと、

「アハハ、アハハ。おまえらフランス座の若いのだろ。アハハハ、酒おごれよ。千円くれよ。アハハハハ。なあ、酒おごれ」

　これが誰あろう浅草六区で有名な、乞食のきよしその人だった。

「また酔っ払ってんのか、きよし。きょうは誰にご馳走《ちそう》になったんだ」

「アハハハ。あ、渥美さんだよ。さっき渥美清が浅草に遊びにきてひさしぶりに会ったから、おごってもらったんだよ。アハハハハ」

「それじゃあ、小遣いだっていっぱいもらえてご機嫌《きげん》じゃねぇかよ」

「アハハ、そんなもんもう遣っちまったよ。な、千円くれよ」

「バカいうんじゃねぇよ。これから飯食いに行くこっちのほうがおごってもらいたいくらいだ。なあ、いのうえ。駄目《だめ》だよ、きょうは持ち合わせがないよ」

相手にせず行こうとすると、

「あーら、きよしじゃなーいの。ご機嫌そうだねー。元気だったあ?」

うしろから呼ぶ声がして振り向くと、メリー八木の姐《ねえ》さんだった。

「アハ、アハハハハ」

きよしがしわくちゃの顔を一層グズグズにくずし、ヒョコヒョコと身体《からだ》を左右に揺さ振りながらメリーさんのほうに擦《す》りよっていく。きよしはもう六十の年齢をとうに超しているはずだった。

きよしという名は、昔浅草にいた渥美清に可愛《かわい》がられてその名が付けられたということだった。だが、きよしの本当の素姓や本名を知るものは誰もいなかった。若い時に九州から出てきてなにか商売をしていたらしいのだが、浅草のストリップの踊り子に惚《ほ》れたため、それまで貯《た》めた全財産を踊り子のために遣い果たしたという噂《うわさ》だった。

その後ストリップ劇場の楽屋番や掃除夫をやったりしていたが、とうとう力尽きて乞食にまで身を落としたという話だった。そしてこの六区を根城にし、踊り子や顔見知りのコメディアンにたかっては乞食生活を送っていた。

「アハハ、姐さんそのカバン、俺《おれ》が持つよ。そっちの荷物も貸しな」

「いいんだよ、きよし、そんなに気を遣わなくたってさ。小遣いだろ、わかってるよ、ほら」

メリー八木の姐さんが、手にしていた分厚いサイフの中から三千円ほど抜き取ってきよしに渡した。

「アハハハ、悪いね、いつも」

「あんまり飲み過ぎるんじゃないよ。これからもっと寒くなるんだから風邪引かないように気をつけるんだよ。そうだ、きよし、今度セーター持ってきてやろうね」

「アハ、アハハハハハハ」

と、嬉《うれ》しそうにただ笑い声だけで応《こた》えるきよしだった。

それから何日かして昼の六区をポテポテと歩いているきよしを見ると、赤黄青のサイケデリックな極彩色のセーターをはおり、毛糸の帽子に毛糸の靴下、手には可愛いカバンをぶら下げていたりするのだった。

「よう、きよし、きょうはいい恰好《かっこう》してるじゃねぇかさ」

「アハハ、もらっちゃってさ。うん、メリーさんに。あの人いい人だね。ほんとの浅草の踊り子だよ。アハハハ。どこいくんだよ、一杯おごれよ」

ヒョコヒョコ歩み寄ってくるきよしの全身から酒の臭《にお》いがプーンと漂ってくる。

「きよしじゃないんだから、真っ昼間から酒なんか飲んでられる身分じゃないよ」

「アハハ、じゃ『ブロンデイ』でコーヒー飲ませろよ」

「どこの乞食に喫茶店で優雅にコーヒーなんか飲んでる乞食がいるんだよ。そんな金があったら飯でも食ってるわ。そうだ、いま飯食いに行くところだけど金が足んねんだ。きよしおめえ、メリーの姐さんからたんまり小遣いもらったんだろ。五百円でいいからオイラに貸せや。返すとき倍にして返すからよ」

「アハハハハ。バ、バイって、五千円か」

「バカヤロー、千円だよ。欲の深けぇ乞食だこと」

「ほんとに、千円か？」

「ああ、乞食に嘘《うそ》つくかっての」

「ほんとに、返すときは千円にしてくれるんだな」

「ああ、そうだよ。五百円もうかるだろうに」

「うん」

クシャクシャの顔のまま大きくうなずくと、きよしはこれもメリー八木さんからもらったらしい真新しいズボンのポケットから、しわくちゃの五百円札を取り出すと、オイラに貸してくれた。

「千円にして返せや」

「ああ、わかってるよ。じゃあな」

きよしの金を引ったくるようにして取ると、そのまま六区の裏にある『水口食堂』へ飛びこみ、エビフライ定食とカレーライスをいちどに掻《か》き込んだ。

それから一週間ほどしての夜のことだった。オレはきよしのことなどすっかり忘れて、芝居に熱中していた。三回目の夜の舞台で、久しぶりに深見の師匠と組んでコントをやってる時だった。

「おーい、このやろー、なにやってんだー」

という、大きなダミ声が突然、客席からかかった。きよしだった。宵《よい》の口だというのにかなり酒がまわっている。

「こら、金返せー。黙ってりゃ、いつまでたっても返しにこねぇで。しらばっくれんでねぇぞー。ウイッ」

きよしが大声でそう叫ぶと、客席からドッと笑い声が上がった。

「この野郎なんだ。俺から金借りて返さねぇのはよー」

客が笑ったのを見て気をよくしたきよしが、舞台のかぶりつきまでやってきてオイラのことを指差し、そう叫んだ。

「うるせ、このきよし。まーた、只《ただ》で入ってきたな。誰がこんなやつ入れたんだ。つまみだせ」

深見の師匠が、すかさず舞台の上からきよしを怒鳴り飛ばした。

「だ、だって、こいつが悪いんだぜ。俺から金借りて返さねぇんだからよ。返せよ、五千円」

客席からまたドッと笑いの渦《うず》が上がり、拍手までが巻き起こった。もうコントなんかやってられる場合じゃなかった。きよしがなにかひと言いうたびに客席がウケるのだ。

「タケ、おめぇほんとに乞食のきよしから五千円借りたのか」

「五千円じゃないですよ。借りたのは五百円ですよ。ただ、返すときは倍の千円にするとはいいましたけど」

「おめぇもなんてことするんだ。乞食から金を借りて返さないなんて、そんな可哀相《かわいそう》なことするなよ」

師匠までがオレに突っ込んでくる。

「早く五千円返せっての」

「バカヤロー、オレは五千円も借りちゃいねぇぞ。借りたのは五百円じゃねぇか」

「嘘だ、五千円だい。返せ、五千円返せー」

そうだそうだ、乞食から金借りるなんて、なんて野郎なんだ。可哀相だ、返してやれ。きよしを知っているお客のあいだからも声が上がってくる始末だった。

「わかったよきよし。あとで必ず返すから、ここんとこはおとなしくコントをやらせろよ」

「ふん、フランス座のコントなんかまいんち同じネタばっかりで面白くねぇや。渥美清のほうがもっと面白れぇことやってたぞ」

「うるせー、この乞食野郎が」

「なんだあ。五千円、返せよー」

「師匠、どうしましょうか」

「どうするって、五千円、この場で返してやるしかねぇだろうよ」

「ええっ、でも借りたのは五百円ですよ。それを五千円だなんて目茶苦茶いって」

「きよしなんて乞食から金借りたりして、借りた相手が悪かったと思ってあきらめるんだな」

「クゥウゥ、そんな、五千円も払うんですか」

「泣くな、タケ」

師匠がうれしそうに笑っているのがわかった。

「師匠、すいません、五千円貸してください」

「いいよ。そのかわり倍にして返せや」

「そんな酷な……」

オレは泣く泣く師匠から五千円を借りると、かぶりつきの下から手を出して待っているきよしに投げつけてやった。

「アハハハハハ。もらったぞ、五千円」

パチパチパチ。客席に向い五千円札を振って見せているきよしにまた拍手が起こった。

「もらったからもういいよ。早くコントの続きやれ」

「うるせー、おまえにいわれなくともやってやるわ。おとなしく見てろ」

まったく、乞食に指図されながらコントの舞台をやるという散々な日だった。しかも五百円が五千円にもなってふんだくられようとは、きよしにしてやられたかんじだった。なんたってアル中で惚《ぼ》け老人同様の乞食が相手じゃ、口惜《くや》しいかななす術《すべ》もなく泣き寝入りするしかなかった。

それから何週間かしたころだったろうか。きよしが六区じゅうをてんてこ舞いさせるような大変な事件をまき起こしたのだ。

暮れも押し迫ってきた寒い曇りの日だった。劇場を開けてまだ一回目の舞台が終わるか終わらないかの時間で、午後の二時を少しまわったころだったと思う。六区の映画街通りから、突然、ドッカーン!!　というもの凄《すご》い爆発音が起こった。音と前後して六区じゅうの電気が軒並み断《き》れ、どの劇場も一斉《いっせい》に停電になってしまった。六区の連中は何事が起こったかとみんな表に飛び出した。

フランス座が入っている浅草演芸ホールの建物の隣に、もとは日活の映画館でいまはキャバレーになっているビルがあり、そのビルの裏あたりから白い煙がモクモクと立ち昇っているのである。

「火事か？」

「ガス爆発か？」

「原爆か？」

「だけど、なんで停電なんかするんだよ」

すぐに消防車も駆けつけてきたが、幸いボヤ程度で大した火災にはならないですんだ。キャバレーの建物の裏に設置してある六区地区の変電用トランスが、何かの原因でショートしたため、トランスの爆発火災が起きたのだという。そしてよくよく調べてみると火災の大本の原因は、乞食のきよしだというのだ。

消防車が駆けつけての消火作業中に、真っ黒の煤《すす》だらけになったきよしが爆発のあったトランスの陰からヌックと現われたというのだ。

きよしら六区の乞食たちは、冬になるとそれぞれ六区に並ぶビルの陰に潜んで冬を越すのだが、古株であるきよしは、なかでも一日中ポカポカと暖かい、乞食にとっては一等地である日活ビルの変電トランスを根城にしていた。ここで暖を取り寒さを凌《しの》いでいたのだ。

ところが、朝昼晩ここで寝起きするきよしが、酔っ払っちゃあ変電トランスにおしっこを引っかけるので、トランスの外枠《そとわく》が腐ってしまい、きよしの小便が中にまで入ってショートを起したというのだ。

嘘かまことかはっきりはしないが、とにかく、きよしが変電トランスに何か悪さをしたため、それが原因でトランスがショートし火災が起きたのは間違いなさそうだった。きよしはたいしたケガもなく、着ていたコートとセーターがボロボロに焦《こ》げただけですんだ。

大変だったのはそのあとの騒ぎだった。なにしろ、六区の劇場映画街にとって停電は致命的な出来事なのだ。肝心の電気が断《き》れてしまったんでは映画館も実演劇場も映写や照明ができずお手上げだった。どのくらいの時間を待てば復旧するのか。三十分や一時間で電気が戻るんならお客にそういって待っててもらうこともできる。しかしそれ以上の時間がかかるとしたら。

六区の劇場の責任者たちが通りに出てきては思案顔で話し合っていた。深見の師匠も一階の演芸ホールの支配人たちと集まって相談し合った。しかし、どうも修理復旧するまでには時間がかかりそうだということになった。六区に二十軒ほどある映画館は、振り替え券を発行してお客に帰ってもらうことにしたという。

オイラたちのフランス座はどうするか。師匠が楽屋に戻ってくると、

「うちもしょうがない、券を出してお客に帰ってもらおうか。しかしこの不景気にせっかくのお客を振り替え券で帰しちゃうのももったいないしなあ」

「師匠。もっといい方法がありますよ」

様子を見に照明室から降りてきていたいのうえがいいだした。

「うちは映写機なんかまわさなくたっていいんですから。要するに明かりの代わりになるものがあればいいんでしょ」

「あんのかよ、代わりになるものが」

オレがきく。

「ローソクですよ。志の川の姐さんが踊りに使っているでかいローソクを舞台のまわりに立ててですね、そこで姐さん方に踊っていただくんです」

「音はどうするんだ」

「それはポータブルのプレーヤーを袖《そで》に置きまして、一曲、一曲手でかけていくわけです。こりゃ何か妖《あや》しげなムードが加わって、なかなか趣向の出し物になると思いますよ」

「うーむ。なるかな、タケ」

師匠がまた思案顔になる。いのうえの陳腐な発想ではなんとも心許《こころもと》なかったが、しかしほかに名案が浮かばないならしょうがない。

「とりあえずやってみますか、師匠」

「よし、じゃあ、すぐ取りかかれ」

オレといのうえは志の川の姐さんから太いローソクを借りると、火を灯《とも》して舞台のあちこちに立て、踊り子たちのレコードとプレーヤーを袖に用意した。

「それじゃあ、とりあえずトップバッターのレミ姐さんから出ていただきますか。音楽流しますよ」

叫んで、レコードをかけた。トップのレミ池田が音楽に乗って、さっそうとはいかずシナシナと出て行った。だが、客席はシーンと静まり返ってなんの反応もない。袖から覗《のぞ》いてみると、まるで薪能《たきぎのう》のようでなんとも荘厳な感じがし、アングラ劇団なら飛びつきそうな舞台演出なのだが、ストリップ劇場の雰囲気《ふんいき》とはおよそかけ離れていた。

客席にまわってみると音楽がひとつも聞こえてこない。かぶりつきの席まで行ってようやく蚊の鳴くようなレコードが聞こえる程度だった。これじゃまるで通夜《つや》の席で誰かの追悼公演でもやっているみたいじゃないか。

それでもお客は心根が優しいのか、文句ひとついわず黙ってオレたちのすることを見ているようだった。もっともお客のほうにしたところで、事故で六区じゅうが停電になったということを知らされれば怒るわけにもいかず、じっと待っている以外に考えつくところもなかったのだ。

「駄目だ、駄目だ。こんなんじゃ興行になりゃしないよ。中止だ、すぐ中止にしろ！」

舞台の様子を一目見た深見の師匠が一声そう叫んで、おしまいになった。

「お客には振り替え券を渡して、停電がなおったらまた見にきてくれるようにそう頼みな。高山、おまえ舞台に出て行ってそう挨拶《あいさつ》してこい」

高山さんがお客にお詫《わ》びに行く。オレは出口にまわって振り替え券を配る手配をした。客といってもまだ一回目だから二十人足らずしか入っていない。たった二十人の客でも、途中で帰して客席をカラにしてしまうのが口惜しかった。せめてコントでもできる明るさがあってくれたら。

「まったく、きよしの野郎ときたら客の入りの悪ィときに停電事故なんてまぬけなことをしてくれやがって、ろくでもねぇ乞食だことよ」

師匠も楽屋で地団駄《じだんだ》を踏む。

「ほんとですよ、きよしのやついっそ殺しちまいましょうか」

「うん!?　タケ、おまえ本気でそんなことというのか」

「だって、あんな乞食野郎生かしといちゃ、この先なにをしでかすかわかったもんじゃありませんよ」

もちろん殺しなどしなかったが、しかしオレは半分本気のつもりでそう考えていた。なぜか乞食を見ると無性に腹が立ってしょうがないオレだったのだ。

第十三章　マーキーと名乗るヘンなやつが入ってきた

浅草にいよいよ正月がやってきた。

暮れのあいだのオレたちは、正月の舞台の飾り付けに余念がなかった。当り前だが、ストリップ劇場には一年中休みというものがない。大晦日《おおみそか》は三十一日までびっちり働き、正月元旦《がんたん》からはもう新年の劇場開きだった。とくに人出がワンサカと出る正月の浅草は書き入れどきなのだ。

大晦日が明日にせまった日。オレたち裏方はみんなでリヤカーを牽《ひ》いて国際劇場へと向かった。ＳＫＤのショーで使い古した舞台セットをもらいに行くためだった。いらなくなった大道具を只《ただ》でもらってきて、もう一度舞台で使いまわそうだなんて、まったくうちの師匠もしっかりしたもんだった。

なんの舞台に使ったんだかわけのわかんない西洋の中世風の城の書き割りがあった

り。二対《つい》のイカロスの像があったり。大都会のビルの夜景のセットがあったり。使えそうなものならなんでももらってきて、適当にフランス座の舞台に飾り付けるのだった。

とにかく舞台が派手に映りさえすればそれでいいのだ。ストリップに情景設定などいらない。困るのは日舞の踊り子だけだった。日本髪のかつらを被《かぶ》って出てきたまではいいが、ふり向くと背景のホリゾントに二対のイカロスが雄々しく立っているのだから、これではどうにも絵にならなかった。だけどそこは正月である。正月というムードが手伝うとなんでもよくなってしまうから不思議だった。

飾り付けが済み、早めに劇場を閉めると、裏方たちは師匠の楽屋へ呼ばれた。

「今年もみんなご苦労だったな。これはたいして入っちゃいないがボーナスがわりだ、取っといてくれ。ほい高山、二郎、タケにいのうえ」

渡された祝儀袋《しゅうぎぶくろ》には師匠の達筆な墨書で「餅代《もちだい》」と書かれてあった。なかには二万円が入っていた。

「今晩、実家に帰ったりするやつはいるか。みんなそれぞれ予定があるんだろうが、家に帰らないやつは俺《おれ》んとこにこい。鍋《なべ》でもやるから遠慮なく食いにこいよ」

「はーい」

その夜、結局師匠の家に集まったのは、ほとんど勘当同然で家を飛び出してきていたオレといのうえの二人だけだった。志の川亜矢の姐《ねえ》さんの仕込んだふぐ鍋料理をかこんで、オレたちは師匠の家で正月を迎えることになった。久しぶりにテレビの紅白歌合戦を観《み》、テレビで除夜の鐘を聴いた。

「師匠、姐さん。明けましておめでとうございます。今年もよろしくお願いいたします」

「うむ。今年もしっかり頼むぞ」

師匠の家をお暇《いとま》すると、そのまま観音様まで初詣《はつもう》でに行く。こうしてオレたちの新年が始まった。

正月興行はフランス座でも大入り袋が何度も出るくらい超満員になった。今日は何足入ったただの、売店の品物が売り切れで全部なくなったただのと、師匠にとっては嬉《うれ》しい毎日だった。

お客が入れば、当然のことながらコントの芝居の時間も長くなった。お客が満員だとなにをやってもウケるのである。ふだんなんでもないギャグでも、ウケることでこっちも乗っていき、思いもよらないアドリブがポンポン出てくるのだ。アドリブが効くからまたウケる。ウケるからまたヨタをいう。そのヨタがまたウケるという相乗効果だった。

　ウケれば芝居の時間が長くなるのは当たり前だった。芝居の時間が長くなれば、そのしわ寄せで、踊り子の舞台の時間を短くしなければならない。高いギャラを払っている踊り子の舞台を短くし、安い給料で使っている役者の時間を長くするという手はない。ここはストリップ劇場なのだ。

「タケ。バカヤロー、いつまでやってんだ。早く終わりにして引っ込め」

　オレたちのコントがウケて長くなるたびに、しびれを切らした師匠が下手の袖《そで》にきてはそう叫ぶのだった。

　しかし客席は乗りまくったオレたちのギャグでドッカン、ドッカンである。こんなに客にウケているのに途中でやめてたまるかっていうのだ。この日を夢見て、この日のために、オレたちはまいんちまいんちコントの修業を積んできたんじゃないか。ウケてなにが悪いんだ。

　次の出番を待っている踊り子たちだって、オレたちのコントを見て客と一緒になって笑い転げてるじゃないか。いまこそ芸人の意地だ。いつか志の川の姐さんにいわれたように、役者の芝居が面白いから客が入ったのだといわせてみたい。

　袖で師匠が怒鳴るのをわざと無視してオレはアドリブのギャグを出しまくった。しかし師匠もまた芸人だった。ウケている弟子の舞台にいちいち文句をつけるような腹の小さい師匠ではなかった。

「ったく、タケの野郎もしょうがねぇもんだ。次から次とよくあんだけくだらねぇヨタが出てくるもんだよ」

しまいには呆《あき》れ返って楽屋に引っ込んでしまうのだった。オレたちのコントがようやくはまりだしたという実感があった。

マーキーと名乗るコメディアン志望の若いやつがフランス座に入ってきたのは、ちょうどそんなころだった。本名、牧口正樹。川崎生まれの二十をすぎた、ちょっとトッポイ感じのする小柄《こがら》な男だった。

「正樹なんで、みんな、マーキーって呼んでください」

わざとひょうきんさをよそおうマーキーと名乗る男の、少し吃音癖《きつおんへき》のある喋《しゃべ》り方に、オレは反対に繊細な神経を見ていた。

「いままで、なにやってたの」

「ハイ、ふつうのサラリーマンです。だけどちょっと飽きちゃって。コメディアンのほうが面白そうなんで」

照れ臭そうに、はにかみながらそういうマーキーをオレは一目見て好ましく思った。照れやはにかみのないやつはコメディアンには向かない。

ところがこいつの前の職業を聞いて呆れ返ってしまった。とんでもないサラリーマンだったのだ。

マーキーが最初にいたのは不動産会社だったという。田中角栄の日本列島改造論で世は空前の土地ブームになっていた。建てよ増やせよで、不動産屋はどんな土地でもとにかく売れて儲《もう》かった。そこに目をつけたのがマーキーのいた悪徳不動産会社だった。

「もうやることがメチャクチャなんですわ。お客を連れて不動産を案内するったって、見せる土地はみんな他人《ひと》の土地ばっかりなんです。ひどいのは見も知らぬ他人の土地に、不動産屋の看板と工事中を装ったブルドーザーを一台置いとくだけで、客を信用させちゃうんです。お客が帰ったら大急ぎで看板と借りてきたブルドーザーを片片づけるんです。ひどいのになると沼地だって平気で売っちゃうんですから。沼地にシートをかけてその上に土を盛って、平地の土地があるように見せかけちゃうんです。それでだまして売っちゃう。売ったあとは会社ごと引っ越してみんな逃げちゃうんです」

「なんだそれ、まるでコントでギャグをやってるみたいじゃねぇかよ」

オレといのうえはマーキーの話を興奮して聞いていた。こいつのやってきたあまりの現実の凄《すご》さに、世間知らずでただの芝居バカに成り下がっていたオレたちは、目を見開かれる感じがした。

「社員だって見るからにヤクザもんかチンピラみたいな人ばっかりですしね。根がいい加減だからなんでもできちゃうんです。不動産がヤバクなったらすぐに鞍替《くらが》えして、しばらくほとぼりがさめるまで違う商売するんです。可笑《おか》しかったのが計算機売りですね。店に置いてあるレジスターの計算機を売りに行くんですけど、ちょうどコンピューターの卓上計算機が出はじめのころで、値段も十万円以上したんですよね。それをなにも知らない田舎の乾物屋の店なんかに売りに行くんです。みんなでもっともらしい計算機会社の名刺を作って、ひとりだけシャープなんて会社の名が入ってたりして。自動車も事務機会社ふうにバンの車の横にブルーのラインなんか入れて、63、64、65、なんてナンバーが大きくふってあるんです。知らない人にはまるで65台も車を持っているような大会社に見えるけど、本当は廃車同然の車が三台しかないんです。それに乗って田舎のそのまた田舎の小さい村に行って計算機を売りつけるんです」

「完全に詐欺《さぎ》商売だな」

いのうえがマーキーの話に身を乗り出すようにしている。

「そのたった三台のポンコツ車を走らせて片田舎の商店に行って、なにもわかんない婆《ばあ》さんや爺《じい》さんを相手に強引に計算機を買わせちゃうんです。新しく出たコンピューター計算機も都会ではどこの店も当たり前ですよ。こちらはシャープ本社からわざわざ説明にきた課長さんです。今は宣伝期間中だから正価三十万円のところを二十万に負けてあげますなんて、なんだかんだ理由をつけて家の中に上がり込んじゃうんです。ついには、お宅でいま使っているレジスターの調子を見てあげますよって、見てやるふりをしながら、古いやつを壊しちゃうんです。あ、ダメですねこの機械。もう寿命がきてますよ、なんてね」

「ダ、ハハハ、ひでぇ商売だこと」

「そんで、正価の倍ぐらいの値段で売りつけちゃ、さっさと逃げちゃうんです」

「まったく、とんでもねぇやつらだ。よく捕まんなかったものだよな」

「危なかったですよ。もう少し続けてたらパクられていたかもしれませんね」

平然としてそういうマーキーには、どこかコメディアンとしての才能の芽がありそうだった。詐欺とまではいかなくても、オレたちの商売も所詮《しょせん》はお客をこっちの世界に巻き込んで商売することには違いない。客をだましても笑われるだけで、怒られたり罪になったりすることがないだけだ。

マーキーに実力をつけさせるため、できるだけこいつと組んで舞台を仕込むようにした。マーキーは思ったより真面目《まじめ》なやつで、オレのいうことならなんでもよく聞き素直についてきた。

感覚的にもオレと似ているところがあり、稽古《けいこ》もよくやるやつだった。ただはじめて会ったときから気になっていた吃音癖は、どうしても抜けなかった。それだけ神経がデリケートだということで、オレが首をコキコキとやるチック症の癖と同じだった。

ある日、オレはそれまでずーっと考えていた秘密を一気にマーキーにうちあけた。

「マーキーさ、オレと組んでコントやんないか。いままでのような古臭いコントじゃなくて、もっとセンスのあるカッコいいものをやろうぜ。仕事はオレが取ってくるからさ」

「じゃあ、このフランス座を出るってことですか」

「シーッ！　まだナイショだけどな。本当にオレたちのやりたいことがはっきりしたら、そん時は二人で外の舞台に出て行って力を試してみないか」

「タケシさんさえよければ、ボクはどこへでもついていきますよ」

「よし、じゃあ、明日からはオレたち二人だけの稽古を始めるぞ」

「はい、お願いします」

　翌日から、オレたちはフランス座の屋上で密《ひそ》かに稽古を開始した。二人で稽古をして、なんとか形になるようだったら、そのときは師匠に話をして外の世界に出してもらおう。

　弟子たちがフランス座を退《や》めて自分のもとを去っていくことをいつも気にしている師匠だったから、そのことをよく知っているオレとしては、外に出ることをいい出すのは勇気のいることであり、難行中の難行でもあった。それにはまずオレたちが自信をつけるしかない。自分たちの感覚で勝負できるコントをやるしかない。それしかあの強突《ごうつ》く張《ば》りの師匠を説得する手だてはない。

　それから毎日、オレとマーキーは休憩時間をみては密かな稽古に励んだ。もう感覚的に時代が違うのだ。時代が違うというより、浅草の感覚とオレたちとは所詮《しょせん》違っていたのだ。なんとか新しいオレたちのコントができないものだろうか。みんながワッと驚くようなとんでもないことがしたくてウズウズしていたのだ。

　しかしそんなものはおいそれと見つかるはずもない。見つかれば、もうとっくの昔にみんなの頭を飛び越してデビューしているはずなんだから。悩みながらも、オレとマーキーは着々と外へと飛び出す準備を始めていた。

だけど、人というのは、なぜこうも考えることが同じになるんだろうか。オレがマーキーといろいろ画策しているちょうどそのころ、浅草の役者仲間だった泡口《あわぐち》三太がコンビを組んで松竹演芸場からデビューするという噂《うわさ》が伝わってきた。三太は暇があるとアルバイトがてらフランス座にコントを手伝いにきていたやつだった。

もう一人、フランス座の出身でやっぱりオレたち若い芸人の仲間だった米屋の清六こと斉藤清六が、浅草を出て萩本《はぎもと》欽一さんのボーヤとして働くことになったと報告にきた。清六はこの上なく嬉しそうな顔をしながらオレたちのところにやってくると、いつもの舌のもつれるような喋り方で、得意そうにそのことを吹聴《ふいちょう》していった。萩本さんといえばコメディアン志望のオレたちにとっては憧《あこが》れ以上の羨望《せんぼう》の人だった。その直接の弟子になるということは、即テレビに出られるということを意味していた。

「マーキーさ、オレたちもあんなやつらなんか目じゃないようなコントをやってやろうぜ。あの程度の芸でテレビに出られるんなら簡単だぜって」

オレとマーキーは、誰と誰がコンビを組んで演芸場に出ようが、テレビに出ようが、たいして動揺しなかったが、仲間のデビューを耳にしてバタバタと慌《あわ》て出すやつらもいた。同僚の二郎がそうだった。

「タケさ、オレたちもコンビ組んで演芸場でなんかやんないか」

山形弁を丸出しにしてなまりながら、オレを誘いにきた。二郎は元々歌手志望で、山形から出てきたというとんでもない男だった。歌手を目指して上京してきたものの、結局はインチキ歌謡学校にだまされてピンク映画の仕出しの仕事をさせられたり、きいたこともないような芝居の劇団員になったりしていた。だが二郎は、ロック座の時代からコントをやっているので、芸歴としてはオレより先輩だった。

「舞台って、なにやるんだよ」

「漫才さ。漫才なら仕事はわんさかあるぜ」

「だけど、オレはマーキーとコントをやることにきめちゃったからさ」

「そうかい、漫才のほうが儲かんだけどな。司会だってなんだってあるんだからよ」

だがそのときのオレは、二郎のいうことなどに耳を貸さず、ひたすらマーキーと二人のコントを完成させることしか考えていなかった。

第十四章　二郎と組んで漫才デビューすることになった

悪いことというのはいつも予想外に突然やってくるものだが、それもそんな時だった。一緒に稽古《けいこ》していたマーキーが酒が原因で頭が病気になってしまったのだ。当分のあいだ静養しないともとには戻れないということだった。

ふだんからかなり飲むやつだとは思っていたが、マーキーの身体《からだ》がそこまで悪くなっているとは知らなかった。吃音癖《きつおんへき》と繊細な自分の神経を酒でカバーしようとしていたのだ。これにはオイラもちょっとショックだった。

「あんなに稽古したのに、タケさんすいません」

しきりとあやまるマーキーだったが、マーキーとのコンビはこれで当分諦《あきら》めなくてはなるまい。それとも二郎とのデビューの話をぶり返して漫才でもやるしかないのだろうか。せっかくフランス座を出る気になったのだ。別に焦《あせ》りはしないが、ここで挫《くじ》けると一生このまま終わっちゃうような気もする。勘のいい師匠がオイラの腹の内を読もうと、最近妙に気にしはじめている。ことあるごとに、

「タケたちもちょっとウケだしたからって、そんな実力じゃまだまだ通用しないんだからな。だいいちてめぇたちには芸というものがないんだから。ただ、喋《しゃべ》りがうまいだけで、気のきいたヨタがいえるだけなんだからな。芸人ていうのは、タップにしろ、立ち回りにしろ、歌にしろ、ひとにできない芸を持ってなきゃ舞台に乗るなんてまねをしちゃいけねぇんだ。みろ、近ごろの松竹演芸場に出ている芸人たちをさ。あいつらのどこに芸があるっていうんだよ。ただ出ているだけじゃねぇか。あんな芸だったら誰だってできるんだよ」

それは確かになにもかもが師匠のいうとおりではあった。だけど一度オイラのなかに芽生えてしまった夢は、なかなか消し去るわけにはいかなかった。フランス座の舞台だけじゃなく、お笑い専門の劇場で一度勝負してみたい。演芸場なんかで芸人風を吹かしているやつらをギャフンといわせてみたい。いや、人なんてどうだっていいのだ。オイラの実力というのを外の舞台で試してみたいだけなのだ。

それからはしばらく悶々《もんもん》とした気の晴れない日々が続いた。そのあいだにも仲間たちのデビューで焦りだした二郎のやつが、執拗《しつよう》にオイラを誘いにきた。やれ演芸場に

支配人を知っているから、コンビを組んで頼みに行けばすぐにでも出してもらえるだの、漫才協団の松鶴家千代若《しょかくやちよわか》・千代菊師匠を知っているから、弟子に入門して名前をもらえば、どこの劇場でも有利に出させてもらえるなどと、山形生まれのそのしつこさといったらなかった。なにかと興味を引きそうな話を持ってきては「なあ、コンビ組んで俺《おれ》とやろうぜ」のくり返しだった。

「コントだったら自信あるけど、漫才なんてやったことないしな」

「そんなもん簡単だって。ふたりでネタを作ってああだこうだ喋りまくればいいんだからさ」

自分たちで好きにネタ作りができるという話には気持ちのぐらつくものがあったが、それでもまだ決心がつかないでいた。そんなときに二郎のオカマ事件というちょっとした事件が起こった。

フランス座の舞台に初めてオカマの踊り子というのが上った。オカマのストリッパーがきたというので楽屋のみんなも珍しがった。ホルモン注射をしているとかで、胸のオッパイはぷっくりと膨らんでいたが、下のタマキンのほうはまだついており、舞台ではタマキンを股《また》の間に隠して巧妙に踊るのを得意としていた。名をお高さんといい、話をしてみると意外に人なつこい性格の可愛《かわい》いオカマだった。

このオカマのお高さんに、こともあろうか二郎のやつが惚《ほ》れてしまったのだ。いや惚れたのはお高さんのほうが先だったかもしれない。しかし男とオカマ（?）のあいだにどちらが先に惚れたということもないだろう、とにかく二人はいい仲になってしまったのだ。オカマのお高さんと二郎が楽屋で仲睦《なかむつ》まじくしている光景を想像すると、なんとも異様な感じだったが、二郎のやつがお高さんの面倒をよくみるので、楽屋の踊り子たちはもうなにもいわなくなっていた。

というのも、お高さんは酒を飲むと悪酔いしてすぐ暴れだすクセがあり、みんな手を焼いていたのだ。酒だけならまだいいのだが、お高さんは薬にまで手を出していたのだ。薬といってもヒロポンとかの覚醒剤《かくせいざい》などではなく、そのころ流行《はや》りのハイミナールや睡眠薬の類《たぐ》いだった。これを酒と一緒に飲むものだから、お高さんは一日中ラリっぱなしだった。ひどいときは舞台に上がれないほどにフラフラになっていることがよくあった。

「おい、二郎。お高のやつなんとかならねぇのかよ。あれじゃ舞台も何もできやしねぇじゃねぇか」

お高さんの調子が悪くなると、二郎がきまって師匠のところに呼ばれた。

「お高のために、なんで俺が怒られなくちゃいけないんだよ」

二郎は師匠に怒られるたびにブツブツこぼしていたが、もはや公然の恋人同士となってしまったいまは、二郎も黙って師匠に怒られるしかなかった。それでもお高さんは二郎の心根に甘えて薬《や》を止めようとしなかった。

「アンタ、いいかげんに薬を止めさせないと、あのままじゃお高さん死んじゃうか、病院行きだよ」

踊り子の先輩たちからもたびたび忠告される二郎だった。

「わかってんだけどよ。なんべんいったってお高のやつ聞きゃあしないんだよ」

「それをなんとかするのが、亭主のアンタの役目だろうが」

「おらぁ、あいつの亭主なんかじゃねぇぞ」

ブツブツブツといつも不満そうな二郎だった。

大声で怒鳴り合う二人の声を聞いたのはそのあとだった。お高さんと二郎が言い争いをしているのだ。そのうちにドカン!!　バタン!!　となにかがぶつかる音がして、ギャーッ!!　ウワーッ!!　という悲鳴も上がった。

「タケ、二郎んとこほっといて大丈夫か。ちょっと様子を見てきてやれや」

いつものように気の小さい師匠が、心配してオロオロし始めた。

「夫婦喧嘩《げんか》は犬も食わないっていいますからね」

そういいながら、オレはいやいやお高さんと二郎の楽屋を覗《のぞ》きに行った。

「なんでおまえは、そうやって俺のいうことが聞けないんだよ。俺ばっかりが師匠やほかの踊り子になんだかんだいわれてさ」

「そんな他人のいうことなんかほっとけばいいじゃないのさ」

お高さんの野太い声が聞こえてくる。

「ほっとけばいいって、みんなはおまえの身体のことを心配して親切にいってくれてんだぞ。それに俺はおまえの亭主でもなんでもないんだからな」

「亭主じゃないって、じゃあなんなのよ。なんなのよォ。いってみなよォ。ただのヒモなのかよォ」

ウウッ、と応《こた》えに窮して困っている田舎人の二郎の顔が想像できた。

「バシッ！」

二郎の平手がお高さんの横っ面《つら》をとらえた。乾いた音が楽屋の外にまでひびいた。

「あ痛ぁ!!　なによー、やる気なの」

「うるせー、このオカマ野郎が!!」

バシッ!!　ドスッ!!　グキッ!!　ガシッ!!　ウッ!!

「まてー、まて、まて、まて、まてー。やれー、やれ、やれ、やれー。いや、やめろ、やめろっていうの」

　なかに飛び込み二人のケンカを止めようとして見ると、なんとボカスカ殴られているのは二郎のほうだった。

「痛ぇ！　こら、痛ぇってんだよ。わかった。わかったからタンマだっていうの」

　お高さんのパンチの雨を浴びて、二郎は楽屋のなかを逃げまわっていた。

「おい、タケ、そこで笑って見てねぇで、お高のやつをなんとかしてくれや」

　二郎の顔に、お高さんのパンチの雨でできた青タンのアザがいくつもできていた。唇《くちびる》からは血も吹き出している。逆上して男に戻ったお高さんはかなりの喧嘩野郎だったのだ。昔、オカマのストリッパーになる前のお高さんは、自衛隊の戦車部隊にいたことがあるという話を、そのときになって思い出した。

「冗談じゃないわよ。おとなしくしていればつけ上がりやがって。オカマだとおもってナメんじゃないよ」

「はい」

「酒買ってくんだよ、酒を!!」

「はい」

　二郎は鼻血を出して畳の上にうずくまっているし、止めに入ったオイラも、お高さんのあまりの剣幕にシュンとなってすっかりかたなしだった。

その夜の舞台のことだった。ついに心配していた事件が起こった。出番になっても お高さんが起きてくる気配がないのだ。コントの支度のためにオレたちの楽屋にいた二郎が、すぐにお高さんの部屋に駆けつけた。残っていた睡眠薬をビンごと飲んでしまったというのだ。

「救急車、呼ぶか?」

「開演中だし、警察沙汰《ざた》はちょっとな」

「医者、呼んだほうがいいんじゃねぇか」

「それよっか、早く水を飲ませて吐かしたほうがいいよ。いま飲んだばっかりなんだろ」

二郎がコップの水を何杯も飲ませ、お高さんの口の中に指を突っ込んじゃ胃袋の中の物を洗面器にゲーゲー吐かせた。ウイスキーに混じって白っぽい錠剤のような粒が何粒も出てきた。

「こいつ、このまま死んじゃうのかな」

二郎がポツリといった。みんなの心配をよそに、お高さんは昏々《こんこん》と眠り続けた。まる二日間、二郎はお高さんのそばについて甲斐甲斐《かいがい》しく看病を続けた。それは男とオカマの愛というよりも、そんなものを超越した人間の慈愛に満ちたもののようにおもえた。二郎の献身的な看病のおかげで、お高さんは一命をとりとめることができた。

お高さんがアパートを借りて二郎と一緒に暮らすようになったのは、そのすぐあとのことだった。そして相変わらずオレとのコンビの夢を捨て切れずに、毎日のように二郎はオレを誘いにきた。そうまで誘われちゃ、オレとしても知らん顔をしているわけにもいかなかった。外に出て勝負したい気持ちはオレだって二郎以上に強いのだ。

ただ、師匠がなんというかだった。自分の夢が果たせなくなって何十年と秘めた気持ちを殺してきた師匠だ。そんな師匠の気持ちがわかるだけに、オレの口からはなかなかいい出し辛《づら》かった。またしても悩みつづけるオイラだった。

しかし、そんな自分がときどき腐りそうにもなり、いつまでも悩んでいるわけにはいかなかった。ある日オイラは意を決して師匠に切り出してみることにしたのだ。

「師匠、一度外に出て勝負してみたいんですけど」

師匠の顔色がみるみるうちに変わっていくのがわかった。

「ふん、何ができるってんだ。ま、退《や》めるのはおまえらの勝手だけどな。だけど芸も何もなくて、何が……」

それ以上、言葉が出ないようだった。

「いーや師匠さ。師匠はそういうけど、俺たちだってなにもいまのまんまですぐに売れるとは思ってねぇんだからさ。フランス座の舞台だって手伝いにくんだし、駄目だったらまたフランス座に戻ってくんだからさ。たーだ、演芸場に出ーているやつらを見ていると、はーがゆくてなんねぇだあ。あれくれえだったら俺たちだってでーきるんじゃやねぇかって、じっとしてらんなくなるだあ」

二郎がオレの気持ちを代弁するかのように、強烈な山形ナマリでまくし立てた。しかしちっとも代弁なんかにはなっていなかった。

「いいよ、なにも手伝いになどこなくったって」

師匠は寂し気に一言そういっただけだった。ほかにもいいたいことが山ほどあるようだった。だが「ふん、バカタレどもが」といったまま、師匠はそれきり口を噤《つぐ》んでしまった。

師匠になんといわれようと、やっぱりちゃんとした演芸場でやってみたい気持ちには変わりなかった。正直、ただそれだけの気持ちだった。

これまでにも何十人、何百人という弟子たちを育ててあげてきたであろう深見の師匠だ。どうせいつかはこうなる日がくることを覚悟していたはずである。

しかし、いざとなってみると師匠も狼狽《ろうばい》の色を隠せなかった。ちょっと気味の悪い話だが、それだけ師匠とオイラとは一心同体になっていたところがあった。どこへ行っても、オイラのことを「俺の弟子だよ」と自慢してはばからなかったのだから。しかしオイラにとってはそれが嬉《うれ》しくもあり、また正直いってちょっぴり重荷になるところもあったのだ。

オレはいっぽうで師匠の気持ちを気にしながらも、それでも二郎のアパートで漫才の稽古に励みはじめた。時間をみては松竹演芸場に顔を出し、先輩たちのやっている漫才というものを見学した。

コロムビア・トップ・ライト。獅子《しし》てんや・瀬戸わんや。Wけんじ。新山ノリロー・トリロー。晴乃ピーチク・パーチクなどを中心に、青空一門。W一門。晴乃一門と、それぞれの一派を中心とする門下生の若手漫才師たちが松竹演芸場にワンサカ出演していた。

「な、見たとおりコントより簡単だろ。ただ舞台に立って喋ってりゃいいんだからさ」

「あの程度のウケでいいんなら簡単は簡単だろうけどさ。だけどオレはやっぱりフランス座のコント以上に面白いとは思えないけどな」

「そんなもん、やってみりゃこっちのほうが面白いのがわかるって。ギャラだってもらえるんだし。司会なんかあれでけっこういい金になるんだぜ」

二郎はしきりと金のことを話題に持ち出した。一度たりとも芸やネタや、オレたちのギャグのことについて話したことはなかった。いまのいままで、芸や舞台のことしか頭になかったオレにとっては場違いな感じがし、面食らう世界でもあった。

しかし、これからは自分で考え自分で作ったものがそのまま舞台に出せ、客の反応をみることができる。下手でもうまくても、ウケてもウケなくても、すべてが自分の実力なのだから納得することができる。チクショー、なんとか若手漫才師などといわれてチヤホヤされているあいつらの鼻をあかしてみたい。

二郎が漫才協団の松鶴家千代若師匠のところへいって『松鶴家二郎・次郎』というヘンな芸名をもらってきた。最後まで深見の師匠には激励されないいままだったが、こうしてオイラはフランス座を出ることになり、とりあえず漫才師としてデビューすることになった。

第十五章　深見千三郎はオイラにとって永遠の師匠となった

浅草フランス座を飛び出し、深見の師匠の下を去ったオレだったが、しかし二郎のいうようにそう簡単に二人の漫才がうまくいくわけがなかった。確かに若手の中では成長株として注目されてはいたが、鳴かず飛ばずの日々がそれから何年も続いた。

「みろ、俺《おれ》のいったとおりだろ。おまえらのそんな実力で簡単に売れちゃって、くれちゃっちゃあ、こちとらやってらんないんだよ」

ときおり六区で出くわす深見の師匠にそういわれるたびに、決意が萎《な》えそうになり、フランス座に戻ろうかなどという情けない考えが何度も頭をもたげた。しかし、もう後には戻れない。戻れば今度はいつ出られるかわからないだろう。ここで踏ん張るしかないのだ。

それに、想像していたとおり、師匠はオイラが修業途中でフランス座を飛び出したことをあまりよくは思っていなかったのだ。弟子を恨むとまではいかなくても、師匠にとってみれば裏切られた気持ちだったにちがいない。

「タケのやろうは、冷てぇ野郎だ」などと噂《うわさ》していることも知っていた。その噂を耳にするたびに、オイラは寂しい思いにかられたりもした。だったらよけい、オイラが芸人としてなんとかならなければ師匠の気持ちはおさまらないだろう。ザマーミロと笑われるのが目に見えているだけだ。

山ほどの仕事があるという二郎の話を、まるごと鵜《う》呑《の》みにして信じるようなお人好《ひとよ》しのオレでもなかったが、それにしても仕事がなかった。松竹演芸場の支配人に頼み込んで舞台にのせてもらう仕事も、一ヵ月に十日もあればいいほうだった。ギャラは一日千五百円だった。もちろん二人分だ。一人七百五十円の勘定だった。

それが月に十日しかないんだから、一ヵ月を七千五百円で暮らさなきゃならなかった。まさか、フランス座の生活より貧乏になるとは夢にも思っていないことだった。これにはさすがのオイラも愕然《がくぜん》とした。

松竹演芸場の仕事のない日は木馬館に頼んで出してもらったりもした。木馬館では客が二人しか入っていなかったり、それも老人惚《ろうじんぼ》けの爺《じい》さんや婆《ばあ》さんだったりして、それは悲惨な舞台だった。そんなやつらの前で二十分もの漫才をやらなきゃならないのは、苦痛以外のなにものでもなかった。なにをやっても客はグスとも、フンとも反応がないのだから。

そのうち爺さんのいびき声が聞こえてきたり、婆さんが小便を漏らしながら便所に駆け込んだりと、客席がカラになることもしばしばだった。いくら修業中とはいえ、ガランとした客席のイスに向かってギャグネタをやるのは、どう考えたって狂気の沙《さ》汰《た》としかいいようがなかった。

二郎の考えで松鶴家の門下を離れ、コロムビア・トップ・ライトのライト門下に弟子入りしたこともあった。そのときには『空たかし・きよし』という芸名をもらって漫才をやった。しかしこれもパッとせず半年も続かないうちにやめてしまった。

オレたちの漫才のウケない原因が二郎のネタ作りにあると気づくまでに、どうしてあんなに時間がかかってしまったのだろうか。もともと漫才などやる気のなかったオレが、とにかくフランス座を出て外の舞台に立ちたいという一心で、すべてを二郎に任せてしまったのがいけなかったのだ。

そう気づいてからというもの、やりかたを全部かえた。ネタ作りは最初からオレがやらなければいけなかったことなのだ。その日からオレはネタ作りに必死になった。

いままでの既成の漫才なんかとは桁外《けたはず》れに違うことをやらなくては絶対にウケやし

ない。なにかメチャクチャなことがやりたい。こいつらの漫才はなんなんだ、くらいのことをいわせなくちゃ、とても中央に出て行くことなどできない。

ちょうどそのころ、名古屋の大須《おおす》演芸場で見たB&Bの漫才は、オイラに衝撃的なキッカケを与えてくれた。あの洋七という漫才師の言葉の連射攻撃には目を見はるものがあった。ギャグの発想の仕方もオイラに近いところがあり、有無をいわさずに客を飲み込み、唖然《あぜん》とさせる醍醐味《だいごみ》があった。

向こうのネタが広島と岡山なら、こっちは東京と山形でいける。山形生まれの二郎を徹底的にイビってやろうじゃないのさ。もう焼け糞《くそ》だ。なんといわれてもいい。客を圧倒して打ちまかすような漫才をやってやるしかない。

そう思うと気は楽だった。あとは自分の感じたとおりのアドリブをギャグにしていくだけだ。芸名も自分で考えた『ツービート』という名に改名し、師匠なしの〝一匹《いっぴき》狼《おおかみ》〟で、改めてデビューすることにした。相棒はとりあえず二郎である。ま、これも長い付き合いだから仕方ないだろう。

一時はマーキーとやりなおすことも考えたオレだったが、しかしマーキーの頭は依然として回復していなかった。反対にますます病状が悪化しているようにもおもえた。まったくなんてやつなんだろう。やるときには二人で一緒にデビューしようぜって約束してたのに、大事な時期に酒なんかで頭をこわすなんて。そんなにまであいつの心がやられてたってことなんだろうか。マーキーとのコンビの夢はついにかなわぬものとなった。

しかし、オレの新しい漫才に対するもくろみは徐々に当たっていった。フランス座でやっていたような下ネタはもちろんのこと、差別用語から放送禁止用語まで、およそ今までの漫才師じゃ不可能だった、ギャグとしてタブー視されていたものを敢《あ》えて取り入れ、容赦なく舞台にかけていった。面食らったのは相棒の二郎のほうだった。お客より先に相棒の二郎が横で啞然としているのだから大笑いだった。

舞台に出てくるなり、いきなり「そこの婆さん、死んでないでちゃんとにオレの漫才を聴くように」なんてやるのだから、お客がびっくりするよりもまず相棒の二郎がびっくりしておののいた。啞然として口をあんぐりと開いたまま、せいぜい「よしなさい、そんなことというのは」くらいしか突っ込めないのだからおかしかった。

平気で、「ウンコ」はいうし、「コーマン」はいうし。ひどいときにはお客と喧嘩《けんか》になってまでも堂々と漫才をやっちゃうのだから大変な舞台だった。それまでの漫才の概念からいえば、とても漫才と呼べるようなしろものじゃなかっただろう。しかしこの漫才がまず同業のプロ仲間からウケていったのだ。

『ツービート』という、とにかくとんでもない漫才コンビが現われたという噂が、演芸場の楽屋から湧《わ》き起こった。いったんひとの噂に乗るとそのあとは速かった。次から次へと評判を呼び、浅草の芸人仲間では、「あのツービートか」といわれるまでになっていた。

驚いたことは、演芸場の客席がお客ではなく、浅草の芸人仲間でいっぱいになったことだった。オレたちの出番になると、地下の楽屋で出番を待っていた芸人たちがそろって上がってきて、客席でオイラたちの漫才を見ているのだ。なかにはライバルの同業者のはずなのに拍手する芸人までがいて、なんだかわけがわかんなかった。

しかし、どんなに評判になっても演芸場の支配人たちは、オレたちをすぐには認めようとはしなかった。相変わらず、劇場が開けたばかりのお客の少ない食いつきの出番にやらせたりで、いつまでたっても前座扱いで冷遇されっぱなしだった。先輩の漫才師たちにいたっては、オイラたちへの恐怖心も手伝ってか、ツービートは漫才協団に入れるなとか、あいつらの漫才は漫才とは認めてないから相手にするなとか、キリシタン弾圧のようなツービート迫害の憂《う》き目《め》にあったりもした。

しかし、そうやってオイラたちが冷遇され、迫害されればされるほど反対に人気が上がっていくのが不思議だった。好きなように我《わ》が儘《まま》をやればやるほどファンがつき、人に認められていくのだから。おかしかったのは、オイラたちの出番が済むとお客たちもゾロゾロと帰ってしまうことだった。客が帰ってしまったら困るのはあとの出を控えている先輩の芸人たちだった。あとの出番にいけばいくほど大御所といわれる先輩の芸人たちがズラリと控えているのだから、失礼な話なのだ。

焦《あせ》り出したのは松竹演芸場の支配人たちだった。仕方なく、まだデビューして間もない前座同様のオイラたちの出番を、うしろのほうに持っていくしかなかった。まさかトリまで取らせるわけにはいかなかったが、トリから二人前とか、大御所と大御所の間に挟《はさ》んでサンドイッチで出すとか。とにかくなんとか工夫をしないとお客が許さないのだからしょうがなかった。

さぞかし先輩たちは苦虫を噛《か》み潰《つぶ》す思いでオイラたちのことを見ていたに違いない。しかし芸は単に実力だけの世界である。ウケるやつがウケないやつの前を歩くのは当然のことだった。強いやつはどんどんのし上がっていき、駄目《だめ》なやつはどんどん滅ぼされていく。力のあるやつだけが常に前を歩く。これが芸の世界の摂理だった。

別ないいかたをすれば、芸の力ではい上がっていくというのは、男にとってひとつのロマンでもあるのだ。自分のロマン絵図を自身の手で描き、着実にこれを実行していく。芸人を目指すオイラにとって、浅草が自分のロマンを実行するには恰好《かっこう》の場所だった。そしてもうひとつ浅草にきてわかったのは、浅草はなにもかもすべてが実践の場所だということだった。

形も理屈もつねにあとからついてくる。目の前には実践の舞台があるだけだった。理屈よりもなにより、とにかくまずその場に出て行ってなにかをしなくちゃならない。やってから考える。これがオイラの感性にはピッタリだったのだ。ヘタでもいいからとにかく出てやってしまうのが浅草の芸だった。

有無をいわせない生の舞台の異常な魅力に取りつかれ、その虜《とりこ》になることがオイラにとってこのうえない快感でもあった。板付き出身の芸人はこの快感があるから強みだった。どんな状況に立たされても、いつでもどこでもアドリブが効き、自分の手のなかにお客を引っぱり込む自信があった。

こうしてオレたちツービートの漫才は、浅草の松竹演芸場を皮切りにやがてテレビの世界へと進出して行くことになった。

そして折しも空前のマンザイブームに出くわしたのだ。

このマンザイブームが、これまでの漫才という概念をぶち壊し、既成の漫才芸人たちをすべて蹴散らすような、手のつけられないようなブームになろうとは、もちろん予想だにしていなかった。

しかしオイラがどんなに売れても、深見の師匠だけは「漫才なんか、あんなもの芸じゃねぇよ」と最後まで認めてくれようとはしなかった。もちろんオイラが芸人として売れたことは心から喜んでくれたのだが、それでもであった。

そしてオイラ自身もまた、漫才なんか芸じゃないと、本気でそう思っているところもあった。漫才はオイラにとって世の中に出るための単なる足がかりであり、芸人としての目標ではなかった。とりあえず漫才という芸が手っ取り早くそこにあっただけなのだ。

オレが少しずつバラエティものをやりだし、コントの芝居をやったり、タップのまねごとをしたり、ヘタな歌をうたったりするようになってはじめて、深見の師匠もオイラをいっぱしの芸人として認めてくれるようになった。

ことあるごとにちょくちょくと浅草の師匠のところに遊びに行き、師匠への恩返しのまねごとみたいなことがようやくできるようになったころのことだった。深見の師匠が、突然、事故で急死したのだ。その知らせをオレはフジテレビの『オレたちひょうきん族』の録画中の楽屋で聞かされた。全身を打ちのめされた感じがし、立ちつくす膝《ひざ》がワナワナと震えだしていた。

そして、その日の新聞に師匠の死亡記事がデカデカとこう載った。

〝笑いの師匠〟孤独な焼死
浅草軽演劇35年　深見さん　ビートたけしさんら育て――

――二日早朝、東京・浅草のアパートで火事があり、元コメディアンが焼死した。ビートたけし、東八郎さんらテレビの人気ものの芸の師匠でもあった浅草軽演劇の育ての親。芸人村とも以前は言われたこのアパートの一室に一人で暮らしていたが、出火に気づくのが遅れ、逃げられなかったらしい。「古き良き浅草を知る人がまた消えてしまった」と仲間や後輩たちは寂しそうだった。――

同日午前六時三十分ごろ、東京都台東区浅草三の九の九、アパート「第二松倉荘」（松倉久幸さん所有）の四階四十六号室、元コメディアン久保七十二（なそじ）さん（五九）方で、きな臭いにおいがするのに、同じ階のバーテン大崎政清さん（三二）が気づき、駆けつけたところ、開いたドアから炎が出ており、中から悲鳴が聞こえたため一一九番した。

日本堤消防署からハシゴ車、ポンプ車など九台が出動、久保さん方約二十平方

㍍を焼いただけで消し止めたが、入り口のドア近くで久保さんが焼死体で発見された。

　同アパートは鉄筋コンクリート四階建てで、一階部分が駐車場、二、三、四階に計十九世帯が入居しているが、他の入居者にけがなどはなかった。

　浅草署の調べでは、久保さんは酒を飲んで寝たばこを吸うえ、室内にたばこの吸《す》い殻《がら》が落ちていたため、たばこの不始末が原因ではないかと見ている。久保さんは、ふとんから約一㍍先に倒れており逃げ切れなかったらしい。

　久保さんは「深見千三郎」の芸名で知られる元コメディアンで、浅草軽演劇の草分け的存在。二十一年から四十四年まで「ロック座」の座長を務め、関敬六、谷幹一、渥美清、長門勇さんらと一緒に仕事をした。東八郎さんは久保さんの直弟子。久保さんはロック座で活躍したあとフランス座に移り、裏方を取り仕切りながら、幕あいのコントにも出演し、五十年ごろにはツービートと組んで客席をわかせていた。若手の芸人の育成にも熱心に取り組んだが、二年前に引退、その後は化粧品会社に勤めていた。

　今年正月には昔の仲間たちに勧められて、会社の休みを利用してフランス座の舞台に立ち「根が好きだからなあ」ともらしていたという。

しかし私生活では、先妻と離婚、その後一緒になった別の女性とも昨年死別するなど余り恵まれず、そのころから、好きな酒がしばしば度を超えるようになり、周囲の人たちを心配させていた。

同アパートの所有者松倉さんは、浅草フランス座の経営者。同アパートは一時、芸人村という感じだったが、現在はフランス座の照明係や従業員らが住んでいる。

三階のスナック従業員（四五）は「私の店の常連で本当にいい人だった。私も消火器を持って火を消そうとしたが、煙がすごくて救出できなかった。アパートの住民に『深見さん』『師匠』と慕われ、芸人の世界では〝大変な人〟といわれていたのに」と話していた。

過労のため先月二十七日から静岡県御殿場市内の病院に入院、静養中の東八郎さんは、久保さんの死を同日午前十一時前、マネジャーの山田さんから聞かされたが、その瞬間、「何と言ったら……」と絶句したまましばらく二の句が継げなかったという。そして、ややたってから、「自分は入院中ですぐお弔いにも行けない。あとはよろしく頼みます」と弱々しく語るばかりだった。（昭和五十八年二月二日付読売新聞夕刊より）

深見の師匠は、結局酔っ払って自分で自分を焼いてしまったのだ。焼け残った遺体はほとんど手で抱えられるくらいの大きさだったという。オイラが浅草に行って一緒に飲んでいるときは気がつかなかったが、そんなにまで師匠の生活が荒れているとは思わなかった。師匠もフランス座の劇場を退《や》めてしまって、きっとたまらなく寂しかったのに違いない。しかし、あの火事は本当に偶然の事故だったんだろうか。

師匠は半年ほど前に志の川の姐《ねえ》さんを病気で亡《な》くしていた。志の川の姐さんもアルコール中毒をこじらせての悲しい死に方だった。

師匠の事故から二年ほどして、今度はあのヒモ稼業《かぎょう》の矢部さんの死をオイラは知らされた。浮気がもとで女房だった踊り子にも見捨てられ、最期《さいご》は家財道具もなにもないガランとしたアパートの、共同トイレの中で立ったまま死んでいったという。死因は脳溢血《のういっけつ》だった。

まったくなんてことなんだろう。オイラは芸人としてなんとか売れ有名にはなったが、気がついたらかけがえのない人たちが次々といなくなっていたのだ。そして有名になることでは師匠に勝てたものの、しかし最後まで芸人としての深見千三郎を超えられなかったことを、オイラはいまでも自覚している。

深見千三郎はやはり、オイラが超えられないほどのたいした芸人だったのだ。

浅草フランス座　名作コント

「中　気」

〈第一景〉

夜。

人通りの少ない、裏町の角。

若い女が、お客を探している。（板付）

「ねぇ、誰か、あたしと遊ばない？　あたしお金なくて困ってるのよね。なんでもするからさ、あたしと遊んでよ」

そこへ、男が登場する。春日部《かすかべ》農協の副組合長のオヤジだ。（下手から出）

「ああ、忙しい、忙しい。都市銀行のやつらときたら、最近は田舎にまでのさばりだしてきて、百姓の金をみんな持ってっちゃうんだからさ。農協に金が溜《た》まらなくてしょうがないってのよ。こう金がなくちゃ、農協得意の脱税もできねぇじゃねぇかよ。今日は、角栄さんによろしく頼んできたけど、もう一度、三木さんや福田さんにも念押ししといたほうがいいな。明日、もいっぺん大臣のところまで行ってこよう。

ああ、忙し、忙し。早く帰んないと、東武線の電車がなくなっちまうよ。ババァのやつに、また吉原で遊んで来たんじゃないの、なんていわれちゃしゃくだからな。あれでやきもちだけはいっちょまえなんだから。実家が財産家じゃなければとっくの昔に殺してんだけどな」

農協のオヤジ、ひとりぶつぶついいながら、急いで立ち去ろうとする。そこをすかさず声をかける女。

「おじさん、おじさん、ちょっと待ってよ」

オヤジ、びっくりして立ち止まる。

「いま、わしを呼んだのは、あんたかい？」

「そうよ。ほかに誰もいないでしょ」

「そりゃまそうだが、こんな夜遅くにこんな所をほっつき歩いてて、わしになんの用なんだ。まさか、女のオイハギじゃあるめぇな」

「そんなんじゃないわよ。ねぇ、おじさん、あたしと遊んでかない？」

「遊ぶ!?　遊ぶってゴム飛びでか？　駄目《だめ》だ、わしゃ忙しいんだから」

「ちょっと、待ってよ。誰がこんな暗いところで、ゴム飛びなんかしようっていうのよ。男と女の、大人の遊びだってばあ」

「大人の遊びイ!?　……きたな、きたな、コノォ。わしを田舎もんだと思って馬鹿《ばか》にすんなよ。こう見えたって、わしゃ、春日部農協の副組合長なんだぞ。こっちは、村の若いもんから聞いてちゃんと知ってるんだから。この辺通るっていうと、いかがわしい女が出てきて声かけてくるから用心しろってな。『甘い言葉に乗るんじゃないよ、あとで裸にされちゃうよ。浅草吾妻橋《あづまばし》交番』、てな。もう出てくるんじゃないかって、こっちはわざわざこの道を選んで通ってるんだから、ナメるんじゃないよ」

「なーんだ、それじゃおじさんはじめから期待してたんじゃないの」

「そうだよ」

「あっさりいうわね。そんなら話は早いわ。ねぇ、あたしと遊んでいってよ」

「駄目だ、わしゃ忙しんだから」

「そんなこといわないで、お願い！　あたし困っているの。どうしてもお金が欲しいの。ね、話だけでも聞いてちょうだいよ、お願い」

「お願いって、そんなに困ってるのか。見たところ、素人《しろうと》っぽい身なりじゃが、どうしたんじゃ、いったい」

「あのね、本当いうと、あたしまだ大学生なの。三年前にお父さんが病気で倒れて働けなくなって、その看病と過労で、今度はお母さんが入院しちゃったの。それであたし、お母さんの入院費と生活費を稼《かせ》ぐためにこうして商売してるの。ね、おじさんあたしと遊んでいってよ、安くしとくからさ」

「ほう、あんた、お母さんとお父さんの面倒を見るためにこんなことをしているのか。若いみそらで親孝行な娘さんじゃのう。女子大生だっていうけど、どこの大学にいってるんじゃ？」

「青山学院の短大」

「なに、青学ってか」

「そう、短大の文学部の土木科」

「なに!?　春日部農協馬鹿にしたな。どこの大学に文学部の土木科なんてのがあるんだ。駄目じゃ、わしゃ忙しいんだから」

「ちょっ、ちょっと待って。わかったわ、女子大生は嘘《うそ》だけど、お父さんの面倒を見てるのは本当なの。だから、ね、お願い。助けると思ってさ。安くしとくから、ね」

「安くって、いくらなんじゃ」

「うーん、おじさんのことだから三千円でいいわ」

「ナニィ!?　三千円だって！　春日部農協また馬鹿にしたな。いま時三千円でやらせてくれるところが、どこにあるんだよ。あれだろ、とりあえず手付けに三千円だけとっといて、あとからもう二千円、もう五千円てスライド式に取ろうってんだろ。そんで払えねぇっていうと、物陰から怖いお兄さんが出てきて脅かされて、すっかり身ぐるみ取られちゃうんだ。

　こっちは村の若いもんに聞いてぜーんぶ知ってるんだからな。春日部をナメるんじゃないよ」

「なめてなんかいないわよ。ほんとにお父さんとお母さんの面倒を見るためなんだってば。信じて」

「怖いお兄さんは出てこないんだろうな」

「いないわよ、そんなの」

「ハーン、さては待てよ。そんなに安いってことは、あんた身体《からだ》のどっかに欠陥があるんじゃろ。外から見たんじゃわからんけど、裸になったら片パイがないとか。男日照りでアソコに蜘蛛《くも》の巣が張ってるとか。こないだの集中豪雨でドテが崩れちゃってないとか。土砂で穴がふさがっちゃってるとか。なんかあるんだろ」

「やだわ、欠陥なんてひとつもないわよ。こうして五体満足どこも正常よ。じゃこうするわ、二千円にまけとくから」

「二千円⁉　もうちょっとまからんかの」

「ダメよ、これ以上は」

「そうか。本当に五体満足なんだろうな」

「大丈夫よ」

「二千円でいいんだな。あとでもっとくれったたって駄目だよ。ま、聞けばあんたも可哀相《かわいそう》な身の上だ。ここはひとつ人助けのボランティアだと思って遊んでやるか」

「うん、お願い。おじさん、農協の副組合長さんなんだって。偉いのね」

「春日部農協よ。ニューヨークへも行ったし。去年はパリの飾り窓で、フランスパンなんか買っちゃったりもしたんだから」

「へぇー、パリにも。おじさんてすごいのね」

「ま、そんなことはいいから早く行こう。わしゃ時間がないんだから」

「行こうって、どこへ行くの？」

「きまってるじゃないか。ホテルだろに」

「ホテル？　ホテルだめよ」

「ホテル、駄目って、じゃあ行きつけの旅館でもあんのかい？」

「そんなものないわよ」

「ないって、おい、まさか道端や公園でやろうってんじゃないだろうな。わしゃ犬や猫《ねこ》じゃないんだよ。アオカンは駄目だよ。こないだの晩なんか、近所の後家さんをたらし込んだまではいいんだけど、場所がないってんで、裏の原っぱに連れ込んでやったら、まぁひどい目にあっちゃって。藪蚊《やぶか》には刺されるし、笹《ささ》っ葉であちこちささくれだっちゃうし。笑いごとじゃなかったんだから。駄目だよ、アオカンは」

「アオカンなんて、そんなんじゃないわよ。ね、おじさん、私の家にこない？」

「あんたの家!?」

「そうよ」

「そうよって、気安くいうけどな。そうか、あれだな。家行くってぇと怖いお兄さんが出て来て、よくも俺《おれ》の女に手ぇ出してくれたな、有り金全部置いていきやがれって、結局身ぐるみ剝《は》がされちゃうんだろ」

「やだわ、おじさんも疑い深い人ね。そんなものいないっていってるじゃないの」

「だけど、あんたまだ独身《ひとり》もんだろ。見ず知らずの男があんたの家に出入りなんかしたら、近所の手前まずいんじゃないの？」

「大丈夫よ。あたし近所の人の付き合いなんてぜんぜんないもん。ね、このすぐ近くだから行きましょ」

「本当に大丈夫だろうな。本当にあんた一人なんだろうな」

「うん、お父さんがいるだけだから」

「ちょっ、ちょっ、ちょっ、待った！　待った！　なんだ、そのお父っつぁんてのは!?」

「だから、病気で寝たきりのお父さんがいるだけだから大丈夫だっていうの。うちのお父さん寝たきりで動けないだけじゃなくて、目は見えないし、耳は聞こえないし、口もきけないし。おまけにひどい中気なんだから。いても全然平気なんだって」

「なにイ!?　あんたのお父っつぁん、目が駄目で、耳が駄目で、口が駄目で、あげくのはてに中気だってエ!?　くぅー、ヘレン・ケラー顔負けの気の毒さじゃの」

「だから、年中あたしがそばについててあげないと、ご飯もおしっこもできないのよね」

「てことはなんだ。あんたんとこはこう大きな一軒家かなにかで、お父っつぁんは奥の離れの部屋かなにかに寝てるんだな」

「ううん、ちがうわよ」

「じゃ、３ＤＫのマンションかなにかか？」

「ううん、四畳半一間のアパートよ」

「四畳半一間!?　そんなに狭いのか。そうか、じゃ、こう、つい立てかなにかで部屋を仕切ってあって、こっちは見えないようになってるとか」

「ううん、つい立てなんかないわよ」

「おい、ちょっと待てよ。じゃあ、なにかい。わしゃ、あんたのお父っつぁんの見ている前で、あんたとやるのかい？」

「そうよ」

「そうよって、簡単にいうけどな。わしゃ変態じゃないんだよ。親の見ている前でなんかやれるわけないじゃろ」

「だから、さっきからいってるじゃない。うちのお父さんは目が見えなくて、耳が聞こえなくて、口がきけなくて、あげくに中気だって。だから、なにをしてても平気なんだってば」

「見えなくて、聞こえなくて、しゃべれなくて、中気かあ……。なら、ま、大丈夫だろうな。村の若いもんのみやげ話にもなるだろうし。……いっとくけど、わしゃなみのやりかたじゃ満足しないからな。こっちゃ、うちのバァさんともう四十年もやってきてるんだ。そうそうのやりかたじゃ驚かないよ。なにせ勃起《た》つまで三時間かかるんじゃから」

「へぇー、三時間も!?」

「そう、触って、眺《なが》めて、こねくり回して。いじくり回して、はめくり回す。はめといて、回しちゃうんだからちょっとすごいぞ。そのあとは早いんじゃ。入ってから三秒で終わりだから。ニワトリもびっくりってくらいだからね。それだけじゃないよ。バァさんと研究して四十八手の裏表、九十六手まで研究しているんじゃから」

「へぇー、おじさんて勉強家なのね」

「うん、いまじゃそれも飽きてな。バァさん素っ裸にして、前に屈《かが》ませておいて、後ろから両足を持ってポーンと上に放《ほう》り投げる。そんで落ちてきたところを下からスコンて入れちゃう。これを一回転コーマン投げ、ムーンサルト型ってな。もう一つはバアさん四つん這《ば》いにして、腕立て伏せをさせといて、両足持って後ろからスコン。そのままギシギシ押して歩く。これをコーマン芝刈り型といってな、わしが発明した体位なんじゃが村ではけっこう若いやつにも評判なんじゃ」

「へぇー、春日部じゃ変なのが流行《はや》ってるのね」

「そうじゃよ。触って、眺めて、なめくり回していじくり回してはめくり回すだよ、いいね。さ、話がきまりゃ早く行こ。東武線の最終がなくなっちまうからな。ほんとに怖いお兄さんはいないんだろうな」

「本当よ。さ、行きましょ」

若い女、春日部農協のオヤジの腕を取り下手の袖《そで》に入って行く。暗転。

〈第二景〉

女のアパート。四畳半の一室。

中気の爺《じじい》が寝巻き姿で部屋の隅《すみ》（左）に座っている。（板付）
かなりひどい中気。全身を大地震のように揺すっている。
若い女、農協のオヤジを連れて部屋の中へと入ってくる。（下手より出）

「ここよ、おじさん。ちょっと待っててね、いま急いで支度するから」

「ほう、ここがあんたの家か。しかしなんにもない部屋だね。ずい分と苦労しとるんじゃの。おッ、この人があんたのお父っつぁんて人か。おお、聞きしにまさるひどい中気じゃな。気の毒にのオ」


中気の爺、農協のオヤジにそういわれると、意識して突然激しく揺れはじめる。その動きのいちいちに、農協のオヤジびっくりする。

若い女、押し入れから蒲団《ふとん》を出してきて農協のオヤジの前に敷く。


「さ、用意ができたわよ。早く寝ましょ」

「寝ましょって。ほんとにこのお父っつぁん大丈夫なんだろうな」

「大丈夫だってば」

「でも一応礼儀だから、ちょっと挨拶《あいさつ》だけでもしとくよ」

農協のオヤジ、中気の爺のところに行く。

「あのな、お父っつぁん。あんた、ヘレン・ケラー顔負けの大変な病気なんだってな。気の毒になあ。娘さんもあんたのためにこうやって苦労してるんだから。ま、こんとところは、親孝行だと思ってじっと目をつむって堪《こら》えてもらってだな。娘さんを借りる間だけ、ちょぃと向こうを見ててちょうだいよね。これもそれもみんなあんたのためなんだから。わかるね」

中気の爺、なんの反応もなくひとり黙々と揺れ続けている。農協のオヤジ、中気の目の前に手をかざしてみたり、ワッとおどかしてみたりするが、まったく反応がない。

「おじさん、だめよそんなことしたって」

「ほんとにあんたのいったとおりだな。目も、耳も、全然駄目みたいだ。よし、そんならおっぱじめるとするか。ぐずぐずしてると電車がなくなっちゃうからな。触って眺めてこねくり回して、はめくり回していじくり回す。勃起《た》つまで三時間、入ってから三秒で二千円。いいね」

「ずいぶん回しちゃうのね。わかったわ、いいわよ」

下着姿になっている女に、オヤジ二千円を渡す。

「そんじゃ、まず、眺めからいくからな。わしゃじっくり眺めないと興奮せんのじゃよ」

オヤジ、女のスリップをめくって中を覗《のぞ》き込む。

「あんた、見かけによらずふっくらしたいいドテしてるね。ドテ高の女は昔から感度がいいっていうからね」

と、オヤジが覗き込むと、なぜかその後ろから中気の爺が目をパッチリと開けて一緒に覗いている。気配に気付いたオヤジが振り返ると、同時に中気の爺も素早くそっぽを向いて知らん顔を装う。

「おい、ちょっと、娘さんよ。どうもいま、あんたのお父っつぁんがこっちを見ていたような気がしたんだけどな」

「そんなはずないわよ。お父さん目が見えないんだから、おじさんの気のせいよ」

「そうかなあ。それならいいんだけど——。ま、いいか。早くしないと時間がないからな」

と、ふたたびオヤジ、女のスリップの中を覗き込もうとする。それにならって中気の爺も一緒に覗き込む。今度はかなり大胆だ。

オヤジ、また気配を感じて慌てて振り返る。中気も慌てて元の位置に戻ろうとする。が、間一髪遅れてオヤジに見つかってしまう。それどころか、あんまり勢いよく向き直ったので反対側にひっくり返ったりする。

「おい、おい、娘さんよ。駄目だよこりゃ。やっぱりお父っつぁん覗いてるよ。間違いなくこっちを見てたもの。目と目が合っちゃったんだから駄目だよ」

「変ねえ、そんなはずないいんだけど。ちょっと待っててね」

娘、立ち上がって爺のところへ行き、目の前に手をかざしたり、声をかけたりしてみるが、相変わらず中気のお父っつぁんの反応はない。

「ほら、やっぱりお父さん見えないでしょ。おじさんが気にしすぎるんじゃないの」

「そうかな、確かにこっちを見てたような気がしたんじゃがの。ま、いいか、先を続けるか」

気を取り直してみたび始めようとする。中気、それを見てまたも覗き込む。オヤジ、気配を察して、今度は目にも止まらぬ速さで振り返る。

ところが、中気の爺、今度はなぜかこっちを向いたまま動かない。農協のオヤジと中気の爺が真《ま》っ向《こう》から対峙《たいじ》する恰好《かっこう》になる。

「こら、こら、こら、娘さん、ちょっと寝てる場合じゃないよ。見てごらんよ、ほら。爺《じい》さん、これでも見てないっていうのかい」

「あら、やだわ、お父さんたらまたなの。これね、見てるんじゃないの。うちのお父さんて時々こうして首の関節がはずれちゃうことがあるのよ。クセなのよね」

「クセ!? クセったってやっぱこっちを見られてたんじゃ、やりにくくてしょうがないよ。お父っつぁん、そりゃあんたも男だから見たくなる気持ちもわかるけど、覗いてる相手はあんたの娘さんだよ。自分の娘の物を覗いてどうするんだよ。しょうがねぇな、まったく。駄目だってのこっちを向いてたんじゃ」

と、オヤジ、はずれた首の関節をもとに戻してやろうとする。が、中気の爺抵抗してなかなかいうことをきこうとしない。悪戦苦闘のすえ、ようやく中気の首がもとの正面に向き直る。

「駄目だよ、お父っつぁん。もうこっちを向くんじゃないよ。さ、娘さん早いとこすませちゃおうね。もたもたしてると、わしゃ本当に時間がなくなっちゃうからさ。こうなったら、もういきなり本番にいっちゃうからね」

　オヤジ、ズボンを脱いで娘の上に乗りかかろうとする。その瞬間を待ってたように突然中気の爺が絶叫する。

「む、む、む、むすめや!!」

農協のオヤジ、びっくりして娘の体の上から転げ落ちる。


「なぁに、お父さん」

「せ、せ、せ、背中、かいい!!」

「かゆいの。はい、はい、ちょっと待ってね」


娘、なれた様子でお父っつぁんの背中をかきにいく。


「な、なんだい、いまのは。あんたのお父っつぁん口がきけるんじゃねぇか」

「ええ、こういうときだけ話せるのよね。お父っつぁんどこがかゆいの。ここかい?」

「も、も、も、もそっと、下」

「ここらへん？」

「も、も、もそっと、下」

「このへん？」

「う、う、もそっと、前」

「前って、ここ？」

「も、も、もそっと、下」

　腹に廻《まわ》った娘の手がだんだん下へと下がっていき、ついには中気の爺の下腹部へ辿《たど》り着く。見ていた農協のオヤジが飛び起きて、

「こら！　こら！　こら！　そこはわしがこれからやってもらうとこだっての。娘にサービスさせるなんてとんでもねぇ爺だな」

「もう、いい？」

「う、う、うん」

「冗談じゃないぜ。今度は本当に大丈夫だろうな」

「ええ、もう大丈夫よ」

横になった娘の上に、オヤジがふたたび乗ろうとする。と、またその瞬間、

「む、む、む、むすめや!!」

オヤジ、またもや大きく転げ落ちる。

「なあに、お父さん」
「お、お、お、オシッコ」
「オシッコね。はい、はい、いま連れてってあげるからね」

娘、中気の爺を抱きかかえて、ヨタヨタと奥のトイレ(上手)まで連れて行く。

「早く行かないとお漏らししちゃうわよ」
「チェッ、オシッコだってよ。なんだよ喋《しゃべ》れるんじゃねぇかよ。まったくなんていう爺なんだ」

　ややあって、中気の爺が戻ってくる。中気、突然農協のオヤジの前で立ち止まると、

「ああ、すっきりした。おえッ、す、すこし、ちびったかな」

　と、漏らした小便の雫《しずく》を手で拭《ぬぐ》い取ると、オヤジめがけて振りかける。オヤジ、またのけぞって転げる。

「なんだよ。汚ねぇ爺だな」

「ごめんなさいね。いつもはこんなことないんだけど季節の変わり目のせいかしら、きょうはとくに変なのよね。さ、もう大丈夫よ。始めましょ」

　促されてオヤジがまた娘の上に乗りかかろうとする。と、

「む、む、む、むすめや!!」

「なんだよ、またなのかよ。この爺は！」

「なあに、お父さん」

「う、う、う、ウンコ」

「あちゃー。今度はウンコだってよ。いいかげんにしてくれよ、まったく」

「ごめんなさいね。すぐすませちゃうからちょっと待っててね。ほんとに、困ったお父さんだこと」


娘が中気を抱きかかえようとすると、「も、も、漏れるう」と絶叫しながらトイレの中に駆け込んで行く。

「オシッコの次はウンコだって。糞《くそ》も小便も一緒にできねぇのかってのよ。目も見えれば、耳も聞こえるし、口もきけるじゃねぇかよ。足だってちゃんと歩けるし、どこが寝たきりで動けないいんだよ。まったく、人をだましやがって」

中気と娘が、トイレから戻って来る。

「で、で、出たあ」

見ると、震わす中気の手が、右手から左手に変わっている。

「手が反対じゃろ、手が」

「あはッ、こっちか」

中気の爺、通りすがりにオヤジの頭を跨《また》いで行く。元の位置に戻るとさっきより激しく揺すり始める。しばらくするとピタッと震えが止まり、そのままガクリと肩を落として動かなくなる。

「あれっ!?　どしたの、娘さん。中気の手が止まっちゃったぜ」

「ああ、あれは、疲れちゃうから時々ああして休憩するのよね。なにしろ一日中揺れてるもんだから、中気もあれでけっこう大変らしいのよ」

「馬鹿いってんじゃないよ。どこの世の中に中気の休憩なんてのがあるんだよ」

と、呆《あき》れ返って眺めていると、しばらくして中気がまた揺れ始める。中気、今度は得意気になって震え方のあれこれを披露《ひろう》する。マッサージの真似《まね》をしてみたり、ピッチャーの投球モーションの真似をしてみたり。その型も金田だったり、村山だったり。そのうちボウリングになったり、サーフィンになったり、水泳になったり。一通り披露すると、最後は股間《こかん》の前で妙な手つきをして悶絶《もんぜつ》したりする。

「ホオオ、見てるといろいろやるもんだな。これだったら見せ物小屋に出したって恥ずかしくないよ。あんた、こんな商売してないで、爺さん使って金儲《かねもう》けすることを考えたほうがいいんじゃないか？　その辺の道端でやらせたって浅草ならいくらかになるぜ。

ま、そんなことなんかどうでもいいや。こっちは爺さんにつき合いにきたんじゃないんだから。さ、早くやって帰ろ。今度はもうなにもないだろうな。ウンコもやったしオシッコもしたし、背中もかいたし。今度なんかいったら本当に承知しないからな！」

「わかったわ」

農協のオヤジ、念を押してからよたび娘の体の上に乗りかかろうとする。と、またまたそのときだ。

「む、む、む、むすめや！」

「な、な、なんなんだよ、今度は!!」

オヤジ、怒っておもわず、中気のところまで飛んで行く。中気は舌をもつれさせながら絶叫する。

「は、は、は、早く、やれ！」

「いいかげんにしろ。このォ！」

オヤジ、中気の爺の頭をスリッパでおもいっきりハリ倒す。中気がもんどりうって引っ繰り返ったところで、暗転。

〈幕〉

「便利屋」

大都会の大きな公園の夜。

結婚を前にした、若い恋人同士がやってくる。（下手から出）

「ね、イクコさん。イクコさんとこうして夜の公園にくるのも、久しぶりですね」

「だって、タツオさんが悪いのよ。忙しい、忙しいって。なかなかデートしてくださらないんですもの。私達、今週はまだ四回しか会っていないのよ」

「四回って、一週間に四回も会えばいいじゃありませんか」

「いやー。私はタツオさんと毎日こうして会っていたいの」

「僕達、もうすぐ結婚するんですよ。結婚すれば、毎日死ぬまで一緒にいられますよ」

「いやー。私は今からでも毎日タツオさんの顔を見ていたいの。そうしないと、タツオさんの顔を忘れそうで不安でしょうがないんだもん……。あーあ、結婚まで、あと三ヵ月もあるのね。私、とても待ち切れないわ。ねぇ、タツオさーん、早く一緒になりたーい」

「ぼ、僕もですよ。イクコさーん」

タツオとイクコ、向かい合うとひしと抱き合い熱き抱擁をくりかえす。

「イクコさんだけじゃありませんよ。僕だって、ずーっと我慢しているんですから。もう、溜《た》まっちゃって、溜まっちゃって。見てください、僕のココを。ねぇ、イクコさん、そろそろ僕にくれてもいいでしょ。でないと、僕はもう……」

「あッ、それはだめよ。結婚式を挙げるまで待っててくれるって約束したじゃない」

「結婚式までだなんて、とても待てないですよ。僕はもう、イクコさんが欲しくて欲しくて。きみの夢を見るたんびに夢精ばかりしてるんですから。十五の童貞少年ならまだしも、この年になって夢精だなんて、みっともないったらありゃしないですよ。それだけじゃありませんよ。こうしてイクコさんという立派な女性がいながら、僕の恋人はいまだにこの右手だけだなんて。情けなくて、情けなくて。

今日こそはイクコさん、いいっていってくださいよ」

「ええッ、困ったわ。どうしましょう。私だって心の内ではタツオさんにあげてもいいと……。でも、お父さんやお母さんのことを考えると、やっぱり結婚までは裏切るようなことはしたくないし」

「なにをいってるんですか、このさいお父さんとお母さんは関係ないじゃないですか。そんなこといっていつまでもじらしていると、僕も浮気しちゃいますよ」

「やだ、そんなのー。絶対にいやよ。もしそんなことしたら、私死んじゃうからー」

「そんな大袈裟《おおげさ》な。だからイクコさん、今日こそはいいといってくださいよ。イクコさーん！」

「もしいいっていったら、どうするの」

「もちろん、ここで結ばれるつもりです」

「ええッ、やだわ、こんな公園なんかで」

「公園だからいいんですよ。ごらんなさい、空には満天の星。月だって、あんなにも青く照らして僕たちを祝福してくれてるじゃありませんか。僕はかねがねこういう大自然の下で、好きな人と結ばれたいと願っていたのです」

「大自然て……。でも、こんなところじゃ」

「大丈夫ですよ、このあたりは公園の中でも死角になっていて、誰にも見つからない場所なんです。いつかこういう日がくるだろうと、僕は毎晩この公園にきてアベックを覗《のぞ》き見しながら、ちゃんとに調べておいたんですから。痴漢だって覗き魔だって、この場所は僕だけしか知らないんです。だから、ね、いいでしょ。今日こそはそのときがやってきたのです。大自然のなかでイクコさんと結ばれましょ」

「あなたのいうことはわかったけど、でも、この草むらじゃ、着てる物が汚れちゃうわ。服が汚れたら、私、家に帰れなくなっちゃうもの」

「そうですね。じゃこうしましょ。僕の上着を下に敷きますから、それでいいでしょ。ここにすわってください」

「う、うん……（イクコいやいやながらすわる）なんだかすわり心地が悪いみたい。なにかもっと広くて、ゆったりできるものないかしら」

「広いものですか。あっ、新聞紙だったらいいですね。僕、ちょっとそこら辺の屑籠《くずかご》探してきますよ」

　タツオ（上手に）探しに行くが、すぐに戻ってくる。

「イクコさん駄目《だめ》です。あいにく敷けるような物は何にも入ってないんですよね」

「困ったわね。やっぱりよしましょうよ」

「そ、そんな。せっかくその気になったのに。ちょ、ちょっと待ってくださいよ。すぐになんとかしますから」

タツオが焦《あせ》っていると、そこへ、突然、どこからともなくへんなオヤジが通りかかる。（下手から出）

「えー、ゴザ。貸しゴザは要らんかね。アオカンにぴったりのゴザ。えー、貸しゴザのご用はないかな」

「ああ、びっくりしたー。暗闇《くらやみ》からいきなり出てきて。なんなんだ、あんたは？」

「アタス？　アタスはご覧の通りの公園の便利屋ですよ。困ったときには何でも貸します便利な便利屋。人助けの便利屋。あんたたち、下に敷く物がなくて困ってたんじゃないの？」

「ええッ!?　なんで知ってるんだよ」

「そんなもの、永年ここで商売してるんだ。あんたたちの顔を見ればすぐわかりますよ。こういう場所でのアオカンに馴《な》れてない恋人同士にはとかくありがちなことでね。やりたくても下に敷く物がない、ああどうしようって顔してるもん」

「なにいいかげんなこといってんだい。顔でそんなことがわかるかってんだ。いいから、向こうへ行けってんだよ」

「あれッ!?　あんた、そんなこといっていいの。ゴザが欲しいんじゃないの？」

「そんなもの、欲しかないよ！」

「おお、おお、強気だことよ。そんならいいスよ」

「ねえ、タツオさん、ゴザ、借りましょうよ」

「ええッ、借りるんですか、こんなやつから？　チェッ、しょうがないや。オヤジ、やっぱりそのゴザ借りるよ」

「ハイ、ハイ。毎度ありがとうございます。こりゃ四国産の高級い草だからね。敷き心地が最高だよ」

「いくらだい？」

「ハイ、四国産高級い草のゴザ。一時間、五千円ね」

「五千円!?　冗談じゃないよ。俺《おれ》はゴザを買おうってんじゃないんだよ。借りるだけだよ、おっさん。そんなもの五千円もするわけないだろ。高価《たか》すぎるよ」

「あ、そうですか。おいやで。おいやなら結構なんですよ。お客はあんただけじゃないんだから。借りたがっているお客さんはほかにもいっぱいいるんだから」

「わかったよ。やなオヤジだこと。借りてやるからせめて三千円くらいにまかんないかな」

「駄目だね、これぱっかりは。規定の値段があって、公園内の取り決めでそう決まってるんだよ」

「取り決めって。じゃ、この公園には、オヤジみたいな便利屋が、大勢いるってのか」

「いや、アタス一人だけですよ。アタス一人で取り決めて、一人で商売してるだけだよ。これも世の為《ため》人の為と思って半分善意でやってるんだから」

「なにが人助けだ。しょうがない、じゃ、五千円出すからゴザを貸してくれよ」

「ハイ、ハイ。ありがとうございます。それじゃ、一時間たったら取りにきますからね。それまでにちゃんとすませといてくださいよ。でないと、おたくらのヤッてるところをもろに見ちゃうことになりますよ」

「そんな馬鹿《ばか》な。わかったよ、終わったらここに置いとけばいいんだろ」

「ハイ、そうしといてくださいね。それから、アタスがこないからって、ゴザを持ってっちゃ駄目だよ。これだって買えば五百円はするんだから。ハイ、それではごゆっくりね。ひぇッ、ひぇッ、ひぇッ」（上手に去る）

「チェッ、五百円のゴザを五千円で貸してんだからサギだぜ。誰がこんなゴザなんか持って行くかってのよ。さ、イクコさん、お待たせしちゃってすいません。ゴザを借りましたから、ここにすわって、早く」

「うん……。でも、タツオさん。私、さっきから、なんだか寒くって仕方ないの。やっぱりこんな外じゃいやよ」

「困ったな。寒いったって、ここじゃ暖房なんてあるわけないし。上着を掛けてあげますから、ね」

と、そこへさっきの便利屋が、なぜかまた通りかかる。（下手から出）

「えー、火鉢《ひばち》！　暖かな貸し火鉢のご用はないかいな。寒い日のアオカンにぴったり。暖かい暖房火鉢だよん！」

「タツオさん、暖かい暖房火鉢だよん、だって」

「チェッ、また、あのオヤジだよ。おい、オヤジ、その火鉢貸してくれよ」

「ハイ、毎度ありがとうございますよ。アオカンにぴったりの暖房火鉢ね。ハイ、どうぞ。一時間、一万円」

「一万円!? いくらなんでもそりゃ高価《たか》いよ。さっきも借りてやったんだからさ、今度はもうちょっとまけてくれよ」

「諸物価高騰《こうとう》のおり、一応、規定なんでね。いやならほかの客に持って行くから」

「わかったよ。借りるよ、借りるよ。何かっていうと、ほかの客にっていいやがってよ。ほら、一万円」

「ハイ、ハイ、ありがとうございますですよ。一時間たったら取りにくるから置いといてね。火は危ないからくれぐれも取り扱いには気をつけてよ。間違ってもこの上で股《また》火鉢なんかして、あんたらのアソコを暖めたり乾かしたりしないようにね。こないだもそれやって大事なところを大火傷《おおやけど》したお客さんがいたんだから、気をつけてちょうだいよ。あとでつかいものになんなくなっても、うちの責任じゃないからね。ハイ、じゃごゆっくりお楽しみ。イーッ、シッ、シッ。えー、暖房火鉢はいかがかな。アオカンにぴったりの暖房火鉢だよん」（上手に去る）

「なにが股火鉢だ。そんなことするやつがいるかっての。まったくいまいましいオヤジめが。さ、イクコさん。ゴザもあるし、暖かい火鉢もあるし、もういいですよね」

「うん」


二人ゴザの上に横になって始めようとする。


「タツオさん。私、ティッシュ持ってくるの忘れちゃったわ。タツオさん、持ってて？」

「ティッシュ？　そんなもの持ってませんよ」

「ないって、困ったわ。下着が汚れたりしたらいやだわ」

「これで拭《ふ》きましょ。ここに散らばってる葉っぱで」

「いやよ葉っぱだなんて。そんなので拭いたりしたら、痛くて腫《は》れあがっちゃうわよ」

「しょうがない。じゃ火鉢で乾かしましょ」

「いやん、さっきのおじさんの話みたいに火傷なんかしたら大変よ」

「そうか、なにか拭くものはないかな」

と、思案しているところへ、またまた調子よく便利屋のオヤジがあらわれる。（下手から）

「えー、チリ紙はいかがかな、チリ紙。終わったあとのひと拭きに、浮世絵入りの高級浅草紙はいかがかな」

「ちょっと、ちょっと、オヤジね。あんたちょっとタイミングがよすぎるんじゃないの。どっかその辺で俺達のこと覗いてるんじゃないだろうね」

「そんな、めっそうもない。これも、永年の商売の勘というもので、お客さんがいまなにに困っているか、なにを欲しがってるかが自然とわかっちゃうんだから。霊感がアタスを呼ぶんですよ。アタスはただ公園の中を道具を持ってぐるぐる回っているだけで、べつに見張ってなくてもお客のほうでちゃんとに呼んでくれるんだからありがたいことでして。で、今度も、何かご用ですかな？」

「ううっ、その、チリ紙が欲しいんだよ」

「あ、これね。ハイ、毎度どうも。チリ紙にも『松』『竹』『梅』がありますが、どれにしますか？」

「松、竹、梅!?　俺はうな重を注文しようってんじゃないんだよ。チリ紙になんで松竹梅なんてランクがあるんだよ」

「それが規定であるんですからしょうがないですな。おいやですか？　おいやなら……」

「わかったよ、またその手なんだから。で、松ってのはいくらなんだ」

「ハイ、毎度。ええ、松はですね、透かし浮世絵付きの高級浅草紙で、ひと締め三千円」

「三千円!?　またかよ。まったく人の足元ばっかり見やがって。で、竹は？」

「ハイ。竹は新聞紙で、ひと締め五百円。梅は段ボールで、ひと締め五十円。段ボールは格別にお安くなってますけど」

「やだあ、段ボールなんて」

「そうだよ。だいいち段ボールでどうやって拭けっていうんだよ」

「方法はいくらでもありますよ。こうして手頃《てごろ》な大きさに切りましてですね、濡《ぬ》れたところをガリガリと削り落とす。ちょうど、ドブさらいのドロすくいの要領ですな」

「ドブさらいですって、失礼ねぇ」

「ハイ。それがだめでしたら、両手でよくもんでもらいまして。柔らかくもみほぐしといたものを薄くはがして使ってもらう。なーに、小一時間ももめば段ボールだってすぐに柔らかくなりますよ」

「一時間ももんでられるかよ。ど、どうしますイクコさん？」

「どうするって、段ボールも新聞紙もいやよ」

「僕だっていやだけど。しょうがない、じゃ一番上の松ってのをくれよ」

「ハイ、毎度。浮世絵入り高級浅草紙ね。ハイ、十枚で三千円と」

「三千円でたったこれだけなのかよ。こんなもの、そのへんのスーパーに行きゃ五十円もしないぜ」

「あ、そうですか。それならスーパーでお買いになったらいいでしょ。この近くにもありますから店を教えてあげますよ。ここからぐるっと表門まで出て、そこを右に曲がって三十分ほど歩くと二十四時間ストアがありますから、よろしかったらそちらでどうぞ」

「チリ紙を買うのに三十分もかけてスーパーまで行ってられっかよ」

「でしょ。だったら、ハイ。三千円でいいですから」

「クゥ、ウ、ウ、ウ。なにが困ってる人の人助けだよ。困ってるやつにつけこんで金をふんだくっているだけじゃねぇか。クソー、ほら三千円だよ」

「ハーイ。毎度、ありがとうございますです。ヌーッ、シッ、シッ」（上手に去る）

「うるせぇ。とっとと、あっちへ行けっての。さ、イクコさん、もういいですね。今度こそいきますよ」

「あッ、タツオさん、大変!!」

「まーた、ですか。今度はなんなんですか」

「アレよ、アレー」

「アレって、なんですか？」

「やーだ、タツオさんたら。今日私、安全日じゃないの。だからアレを着けないと。だって、子供ができたら大変でしょ」

「いいじゃないですか、僕達もうすぐ結婚するんですから」

「それでも式を挙げる前にお腹《なか》が大きくなったら、私やっぱり困っちゃうわ。ねぇ、お願いアレ着けて」

「そんなことといったたって。避妊具なんて持ってきてませんよ」

「それなら、やっぱりまた今度にしましょう」

「また今度って、せっかくここまでたどりついたのに。……じゃ、こうしましょ。僕がイキそうになったら、サッと抜いて外に出しますから。例の膣外《ちつがい》射精ってやつで」

「それならいいでしょ、イクコさん」

「イヤッ！　一番危ないのよあれは。週刊誌に書いてあったけど、するときは前から着けてないと危険なんですってよ」

「チェッ、変なこと知っていやがること。この耳年増《みみどしま》が。それにしても弱ったな。ほかにいい方法なんて……」


と、タツオが困り果てていると、またまた便利屋が登場する。（下手から出）

「えー、サック、サックはいかがかな。岡本ゴムに、不二ラテックス。色付き、イボ付き、ゼリー付き。なーんでもお好み次第のサックがそろっているよ。えー、サックはいらんかな」

「こら、こら、オヤジ。あんた、ほんとにそこで覗いてないか？」

「いいや、覗いてなんかいませんよ。それよか、いま、お客さんのほうがサックが欲しいとかなんとかいって、アタスを呼んでいませんでしたか？」

「誰が、オヤジなんか呼ぶかい」

「あ、そうですか。それじゃまたアタスの聞き間違えだ。どうも年を取ると聞こえないものが聞こえたりしていかんね。これはまた失礼を致しました」

「くれ、くれ、サック、くれよ。サック」

「ハアッ？　サックがお要りようで？」

「要りようだよ。チクショー、バカヤロー」

「ハア、やはりそうで。ハイ、ハイ。毎度ありがとうございますよ。おいくつほど？」

「一つでいいよ。それもごく普通のでな」

「サイズも、Mサイズでよろしいんですか？」

「いいよ。俺はそんなに大きくないんだから」

「そうですか？　お見受けしたところ、ふつうの人より、ナニが大きそうに見えますけどね。本当はなかなかのモノを持ってるんじゃないんですか。こういうデカ鼻の持ち主はあっちのほうも大きいっていいますからね。ねぇ、お嬢さん」

「やだア、私そんなこと知らないわよ」

「へぇー、お嬢さんはまだ処女なんですか。これは驚いたな。いまどき貴重品もんだよ。よっぽど男が寄りつかなかったんだね。そんで初めての男ってのがこっちか。クエー、この顔でよくたらしこんだものだよ。ニクイね、この女ったらしのバージン破りが。

よし、そうとわかったら便利屋のおじさんも、うんとサービスしちゃうよ。どうかねこのイボ付きのピンクのサックは。この公園でも人気があるんだよ。初めての女の子でも、ヒイ、ヒィ泣いて喜んじゃうというね。ね、欲しいでしょう、お嬢さん」

「やだア、いやらしい」

「いいよ、ふつうので。どうせまた高価《たか》い値段をふっかけてくるんだろ」

「いえ、いえ、今度こそぐっとサービスして、一個五千円でいいですよ」

「五千円！　一個がか？　いやだったらスーパーで買えってんだろ。わかったよ買うよ、チクショー」

「ハイー、毎度ありー。それも使ったらそこに置いといてくださいよ。あとで洗って、てんか粉塗ってまた売るんだから」

「うえッ、汚ねぇサックだな。これは大丈夫なんだろうな」

「大丈夫、まだ一回しか使ってないから新しいよ。ハイ、ごゆっくりね。処女破りの幸福男めが。クッ、クッ、クッ、スケベ！」（上手に去る）

「どっちがスケベなんだ、このエロじじい。本当にこのサック大丈夫なんだろうな。穴なんか空いてたら承知しねぇからな。イクコさん、今度こそいきますからね。もう我《わ》が儘《まま》はなしですよ。お金も全部遣っちゃって、一銭もないですからね」

「う、うん」

「それじゃ。イクコさーん」

「アアッ、やっぱりだめよ、タツオさん。私、まだそんな気になれないわ。ここは誰もこないっていったけど、あんなに何度もおじさんがやってくるじゃない。また誰がくるかわからないわ。今度のときまで考えておくから、それまでもう少し待っててお願い。じゃあまたね、さよなら」

「ええッ！　イクコさん、そんなずるいですよ。すっからかんに取られちゃってま、待ってくださいよー」


と、タツオがイクコを追いかけようとするところに、また、また、便利屋があらわれる。（下手から出）

「えー、女はいらんかな。女だよ。安くしとくよ、女」

「う、う、女ちょうだいよ。女。いくらなの」

「ハイー。一発、百円ね」

「安いね、買うよ。どこにいるの、すぐ連れてきてよ」

「ハイ、ここにいるよ。どうぞ」

と、便利屋がズボンを下げて裸の尻《しり》を突き出す。

「バカヤロー、俺は、カマじゃねぇや！」
「いえー、オカマいなく！」
「そんな、バカな!?」

暗転。

〈幕〉

本文庫に収録された本文と資料のなかには、今日の観点からみると差別表現にあたる箇所があります。作者の意図は差別を助長するものではありません。表現の削除や変更を行わず底本どおりの表記にしました。

（編集部）

■単行本　太田出版　一九八八年一月
■文庫　新潮社　一九九二年十一月

JASRAC 出 2200740-201

|著者| ビートたけし　本名・北野武。1947年東京都足立区生まれ。浅草フランス座で芸人としてデビュー後、1972年に漫才コンビ「ツービート」を結成、人間の「建前と本音」「理想と現実」との落差を舌鋒鋭く突きまくる芸風で漫才ブームの牽引役となる。テレビに進出後、『オレたちひょうきん族』『天才・たけしの元気が出るテレビ!!』などの人気番組を次々と手掛ける。映画監督としても『その男、凶暴につき』『ソナチネ』『HANA－BI』などの話題作を多数世に送り出す。2016年にレジオン・ドヌール勲章、2018年には旭日小綬章を受章。近年は小説執筆にも力を入れている。著書に『弔辞』（講談社）、『不良』（集英社）、『浅草迄』（河出書房新社）など。

浅草《あさくさ》キッド

ビートたけし

2022年３月15日第１刷発行

発行者──鈴木章一
発行所──株式会社　講談社
東京都文京区音羽2-12-21　〒112-8001
電話　出版（03）5395-3510
　　　販売（03）5395-5817
　　　業務（03）5395-3615

Printed in Japan

講談社文庫
定価はカバーに
表示してあります

KODANSHA

デザイン──菊地信義
本文データ制作──講談社デジタル製作
印刷───豊国印刷株式会社
製本───株式会社国宝社

ISBN978-4-06-527695-2

講談社文庫刊行の辞

二十一世紀の到来を目睫に望みながら、われわれはいま、人類史上かつて例を見ない巨大な転換期をむかえようとしている。

世界も、日本も、激動の予兆に対する期待とおののきを内に蔵して、未知の時代に歩み入ろうとしている。このときにあたり、創業の人野間清治の「ナショナル・エデュケイター」への志を現代に甦らせようと意図して、われわれはここに古今の文芸作品はいうまでもなく、ひろく人文・社会・自然の諸科学から東西の名著を網羅する、新しい綜合文庫の発刊を決意した。

激動の転換期はまた断絶の時代である。われわれは戦後二十五年間の出版文化のありかたへの深い反省をこめて、この断絶の時代にあえて人間的な持続を求めようとする。いたずらに浮薄な商業主義のあだ花を追い求めることなく、長期にわたって良書に生命をあたえようとつとめるところにしか、今後の出版文化の真の繁栄はあり得ないと信じるからである。

同時にわれわれはこの綜合文庫の刊行を通じて、人文・社会・自然の諸科学が、結局人間の学にほかならないことを立証しようと願っている。かつて知識とは、「汝自身を知る」ことにつきていた。現代社会の瑣末な情報の氾濫のなかから、力強い知識の源泉を掘り起し、技術文明のただなかに、生きた人間の姿を復活させること。それこそわれわれの切なる希求である。

われわれは権威に盲従せず、俗流に媚びることなく、渾然一体となって日本の「草の根」をかたちづくる若く新しい世代の人々に、心をこめてこの新しい綜合文庫をおくり届けたい。それは知識の泉であるとともに感受性のふるさとであり、もっとも有機的に組織され、社会に開かれた万人のための大学をめざしている。大方の支援と協力を衷心より切望してやまない。

一九七一年七月

野間省一